你不勇敢，
没人替你
坚强

季羡林 著

图书在版编目（CIP）数据

你不勇敢，没人替你坚强 / 季羡林著. -- 长春：吉林出版集团股份有限公司，2024.2
 ISBN 978-7-5731-4585-7

Ⅰ.①你… Ⅱ.①季… Ⅲ.①杂文—作品集—中国—当代 Ⅳ.①I267.1

中国国家版本馆CIP数据核字（2024）第037455号

你不勇敢，没人替你坚强
NI BU YONGGAN, MEI REN TI NI JIANQIANG

著　　者：	季羡林
责任编辑：	矫黎晗　李　冬
封面设计：	田　松
出　　版：	吉林出版集团股份有限公司
发　　行：	吉林出版集团青少年书刊发行有限公司
电　　话：	0431-81629808
印　　刷：	德富泰（唐山）印务有限公司
开　　本：	880mm×1230mm　1/32
字　　数：	130千字
印　　张：	8
版　　次：	2024年2月第1版
印　　次：	2024年2月第1次印刷
书　　号：	ISBN 978-7-5731-4585-7
定　　价：	39.00元

如发现印装质量问题，影响阅读，请与印刷厂联系调换。022-58708299

我们都要锻炼自己,
对什么事情都不要惊慌失措,
而要处变不惊。

他们是把花都栽种在临街窗户的外面。

花朵都朝外开，在屋子里只能看到花的脊梁。

我曾问过我的女房东：你这样养花是给别人看的吧！

她莞尔一笑说道："正是这样！"

我对每个人都好,也希望每个人对我都好。
只望有誉,不能有毁。
最近我恍然大悟,
那是根本不可能的。

天资 + 勤奋 + 机遇 = 成功

温馨是家庭不可或缺的气氛,
而温馨则是需要培养的。
培养之道,不出两端,一真一忍而已。

我写文章向来不说谎话、大话、套话，
我向读者真挚坦率地交了心，
读者也以同样的东西回报了我。
这是我近年来最大的快乐。

我一定要译文押韵。
但有时候找一个适当的韵脚又异常困难,
我就坐在门房里,
看着外面来来往往的人,
大半都不认识,
只见眼前人影历乱,
我脑筋里却想的是韵脚。

我的藏书都像是我的朋友，而且是密友。
我虽然对它们并不是每一本都认识，
它们中的每一本却都认识我。
我每一走进我的书斋，书籍们立即活跃起来，
我仿佛能听到它们向我问好的声音，
我仿佛能看到它们向我招手的情景。

目录
CONTENTS

01 困难虽在目前,希望却在将来

在德国——自己的花是让别人看的 ～ 2

困难虽在目前,希望却在将来 ～ 4

假若我再上一次大学 ～ 6

我写我 ～ 13

忘 ～ 17

老少之间 ～ 23

容忍 ～ 26

老马识途 ～ 29

三思而行 ～ 32

从哲学的高度来看中餐与西餐 ～ 35

毁誉 ～ 38

爱情 ～ 41

缘分与命运 ～ 48

论压力 ～ 51

谦虚与虚伪 ～ 54

温馨,家庭不可或缺的气氛 ～ 57

几件小事 ～ 61

谈孝 ～ 66

论朋友 ～ 69

成功 ～ 72

谈礼貌 ～ 75

论恐惧 ～ 78

我的美人观 ～ 81

02 读书方有新境界

- 读朱自清《背影》～ 90
- 真理愈辨愈明吗～ 94
- 漫谈北大派和清华派～ 97
- 从魏德运先生的一张摄影谈起～ 101
- 漫谈散文～ 104
- 获奖有感～ 114
- 哲学的用处～ 120
- 成语和典故～ 123
- 我和东坡词～ 126
- 漫谈刘姥姥～ 131

03 面对热爱，要不遗余力地喜欢

- 我的处女作～ 136
- 我和外国文学～ 142
- 我和外国语言～ 152
- 漫谈古书今译～ 176
- 漫谈吐火罗文～ 180
- 学外语～ 184
- 我与东方文化研究～ 191
- 封笔问题～ 198

04 坐拥书城意未足

坐拥书城意未足 ～ 202

藏书与读书 ～ 204

推荐十种书 ～ 207

我的书斋 ～ 212

写文章 ～ 216

开卷有益 ～ 219

文章的题目 ～ 222

作文 ～ 225

我最喜爱的书 ～ 232

01
困难虽在目前，希望却在将来

在德国
——自己的花是让别人看的

爱美大概也算是人的天性吧。宇宙间美的东西很多,花在其中占重要的地位。爱花的民族也很多,德国在其中占重要的地位。

四五十年以前我在德国留学的时候,我曾多次对德国人爱花之真切感到吃惊。家家户户都在养花。他们的花不像在中国那样,养在屋子里,他们是把花都栽种在临街窗户的外面。花朵都朝外开,在屋子里只能看到花的脊梁。我曾问过我的女房东:你这样养花是给别人看的吧!她莞尔一笑说道:"正是这样!"

正是这样,也确实不错。走过任何一条街,抬头向上看,家家的窗子前都是花团锦簇，姹紫嫣红。许多窗子连接在一起，汇成了一个花的海洋，让我们看的人如入山阴道上，应接不暇。每一家都是这样，在屋子里的时候，自己的花是让别人看的。走在街上的时候，自己又看别人的花。人人为我，我为人人。我觉得这一种境界是颇耐人寻味的。

今天我又到了德国，刚一下火车，迎接我们的主人问我："你离开德国这样久，这里有什么变化没有？"我说："变化是有的，但是美丽并没有改变。"我说"美丽"指的东西很多，其中也包含着美丽的花。我走在街上，抬头一看，又是家家户户的窗口上都堵满了鲜花。多么奇丽的景色！多么奇特的民族！我仿佛又回到四五十年前去，我做了一个花的梦，做了一个思乡的梦。

1985 年 8 月 27 日

困难虽在目前，希望却在将来

  我现在越来越感到，回忆比较容易，展望却真难。我简直不知道，从何处展望起。说一些空话、废话，无补于事，于己于人都没有用处。

  是不是就看不到任何可以展望的东西了呢？也不是的。我对人类美好前途的信念始终不变。困难虽在目前，希望却在将来。人类，包括我们国家在内，总会越来越好的。我反对那种愁眉苦脸的世纪末的哀鸣。

  我的意思也决不是，只要把枕头垫得高高的，安然酣睡，馅儿饼就自己从天上掉进嘴里。我们非要努力不行，而且要十倍地努力。

  屈原在《卜居》里高呼"黄钟毁弃，瓦釜雷鸣"。我不敢说，我们的社会就是这个样子，但是难道说一点这样的影子也没有吗？郭沫若说："在'黄钟毁弃，瓦釜雷鸣'的时代，对于瓦釜加以不恤的打击，我以为这也是批评家所当取的态度。"我同意这个说法。

对政界、财界的情况，我若明若暗，不敢赞一辞。我现在近似一个井蛙，我往往只看到学界，学界也是有黄钟和瓦釜的。现在双方都在鸣，但还不一定是"雷鸣"。我觉得，我们的责任是，拿出良心，尽上力量，让瓦釜少鸣，或者不鸣，让黄钟尽量地多鸣，大鸣而特鸣。如果每个人都能做到这一步，则"瓦釜毁弃，黄钟雷鸣"之日必将到来。我们要高呼"猗欤休哉"了。

1989 年 11 月 4 日

假若我再上一次大学

"假若我再上一次大学",多少年来我曾反复思考过这个问题。我曾一度得到两个截然相反的答案:一个是最好不要再上大学,"知识越多越反动",我实在心有余悸。一个是仍然要上,而且偏偏还要学现在学的这一套。后一个想法最终占了上风,一直到现在。

我为什么还要上大学而又偏偏要学现在这一套呢?没有什么堂皇的理由。我只不过觉得,我走过的这一条道路,对己,对人,都还有点好处而已。我搞的这一套东西,对普通人来说,简直像天书,似乎无利于国计民生。然而世界上所有的科技先进国家,都有梵文、巴利文以及佛教经典的研究,而且取得了辉煌的成绩。这一套冷僻的东西与先进的科学技术之间，真似乎有某种联系。其中消息耐人寻味。

我们不是提出了弘扬祖国优秀文化，发扬爱国主义吗？这一套天书确实能同这两句口号挂上钩，我举一个具体的例子。日本梵文研究的泰斗中村元博士在给我的散文集日译本《中国知识人的精神史》写的序中说到，中国的南亚研究原来是相当落后的。可是近几年来，突然出现了一批中年专家，写出了一些水平较高的作品，让日本学者有"攻其不备"之感。这是几句非常有意思的话。实际上，中国梵学学者同日本同行们的关系是十分友好的。我们一没有"攻"，二没有争，只有坐在冷板凳上辛苦耕耘。有了一点成绩，日本学者看在眼里，想在心里，觉得过去对中国南亚研究的评价过时了。我觉得，这里面既包含着"弘扬"，也包含着"发扬"。怎么能说，我们这一套无补于国计民生呢？

话说远了，还是回来谈我们的本题。

我的大学生活是比较长的：在中国念了四年，在德国哥廷根大学又念了五年，才获得学位。我在上面所说的"这一套"就是在国外学到的。我在国内时，对"这一套"就有兴趣，但苦无机会。到了哥廷根大学，终于找到了机会，我简直如鱼得水，到现在已经坚持学习了将近六十年。如果马克思不急于召唤我，我还要坚持学下去的。

如果想让我谈一谈在上大学期间我收获最大的是什么，那是并不困难的。在德国学习期间有两件事情是我毕生难忘的，这两件事都与我的博士论文有关联。

我想有必要在这里先谈一谈德国的与博士论文有关的制度。当我在德国学习的时候，德国并没有规定学习的年限。只要你有钱，你可以无限期地学习下去。德国有一个词儿是别的国家没有的，这就是"永恒的大学生"。德国大学没有空洞的"毕业"这个概念，只有博士论文写成，口试通过，拿到博士学位，这才算是毕了业。

写博士论文也有一个形式上简单而实则极严格的过程，一切决定于教授。在德国大学里，学术问题是教授说了算。德国大学没有入学考试，只要高中毕业，就可以进入任何大学。德国学生往往是先入几个大学，过了一段时间以后，自己认为某个大学、某个教授，对自己最适合，于是才安定下来，在一个大学，从某一位教授学习。先听教授的课，后参加他的研讨班。最后教授认为你"孺子可教"，才会给你一个博士论文题目。再经过几年的努力，收集资料，写出论文提纲，经过教授过目。论文写成的年限没有规定，至少也要三四年，长则漫无限制。拿到题目十年八年写不出论文，也不是稀见的事。所有这一切都决定于教授，院长、校长无权过问。写论文，他们强调一个"新"字，没有新见解，就不必写文章。见解不论大小，唯新是图。论文题目不怕小，就怕不新。我个人觉得，这是非常重要的一点。只有这样，学术才能"日日新"，才能有进步。否则满篇陈言，东抄西抄，饾饤拼凑，尽是冷饭。虽洋洋数十甚至数百万言，除了浪费纸张、浪费读者的精力以外，还能有什么效益呢？

我拿到博士论文题目的过程，基本上也是这样。我拿到了一个有关佛教混合梵语的题目。用了三年的时间，搜集资料，写成卡片，又到处搜寻有关图书，翻阅书籍和杂志，大约看了总有一百多种书刊。然后整理资料，使之条理化、系统化，写出提纲，最后写成文章。

我个人心里琢磨：怎样才能向教授露一手儿呢？我觉得那几千张卡片虽然抄写得好像蜜蜂采蜜，极为辛苦；然而却是干巴巴的，没有什么文采，或者无法表现文采。于是我想在论文一开始就写上一篇"导言"，这既能炫学，又能表现文采。真是一举两得的绝妙主意，我照此办理。费了很长的时间，写成一篇相当长的"导言"。我自我感觉良好，心里美滋滋的，认为教授一定会大为欣赏，说不定还会夸上几句哩。我先把"导言"送给教授看，回家做着美妙的梦。我等呀，等呀，终于等到教授要见我，我怀着走上领奖台的心情，见到了教授，然而却使我大吃一惊。教授在我的"导言"前画上了一个前括号，在最后画上了一个后括号，笑着对我说："这篇导言统统不要！你这里面全是华而不实的空话，一点新东西也没有！别人要攻击你，到处都是暴露点，一点防御也没有！"对我来说，这真如晴天霹雳，打得我一时说不上话来。但是，经过自己的反思，我深深地感觉到，教授这一棍打得好，我毕生受用不尽。

第二件事情是，论文完成以后，口试接着通过，学位拿到了手。论文需要从头到尾认真核对，不但要核对从卡片上抄入论文的篇、章、字、句，而且要核对所有引用过的书籍和报刊。要知道，在三年以内，我从大学图书馆，甚至从柏林的普鲁士图书馆，借过大量的书籍和报刊，耗费了大量的时间。当时就感到十分烦腻。现在再在短期内，把这样多的书籍重新借上一遍，心里要多腻味就多腻味。然而老师的教导不能不遵行，只有硬着头皮，耐住性子，一本一本地借，一本一本地查。把论文中引用的大量出处重新核对一遍，不让它发生任何一点错误。

后来我发现，德国学者写好一本书或者一篇文章，在读校样的时候，都是用这种办法来一一仔细核对。一个研究室里的人，往往都参加看校样的工作。每人一份校样，也可以协议分工。他们是以集体的力量，来保证不出错误。这个法子看起来极笨，然而除此以外，还能有"聪明的"办法吗？德国书中的错误之少，是举世闻名的。有的极为复杂的书竟能一个错误都没有，连标点符号都包括在里面。读过校样的人都知道，能做到这一步，是非常非常不容易的。德国人为什么能做到呢？他们并非都是超人的天才，他们比别人高出一头的诀窍就在于他们的"笨"。我想改几句中国古书上的话："德国人其智可及也，其笨（愚）不可及也。"

反观我们中国的学术界，情况则颇有不同。在这里有几种情况。中国学者博闻强记，世所艳称。背诵的本领更令人吃惊。过去有人能背诵四书五经，据说还能倒背。写文章时，用不着去查书，顺手写出，即成文章。但是记忆力会时不时出点问题的。中国近代一些大学者的著作，若加以细致核对，也往往有引书出错的情况。这是出上乘的错。等而下之，作者往往图省事，抄别人的文章时，也不去核对，于是写出的文章经不起核对。这是责任心不强，学术良心不够的表现。还有更坏的就是胡抄一气。只要书籍文章能够印出，哪管他什么读者！名利到手，一切不顾。我国的书评工作又远远跟不上。即使发现了问题，也往往"为贤者讳"怕得罪人，一声不吭。在我们当前的学术界，这种情况能说是稀少吗？我希望我们的学术界能痛改这种极端恶劣的作风。

  我上了九年大学,在德国学习时,我自己认为收获最大的就是以上两点。也许有人会认为这卑之无甚高论。我不去争辩。我现在年届耄耋,如果年轻的学人不弃老朽,问我有什么话要对他们讲,我就讲这两点。

1991 年 5 月 5 日写于北京大学

我写我

我写我，真是一个绝妙的题目；但是，我的文章却不一定妙，甚至很不妙。

每一个人都有一个"我"，二者亲密无间，因为实际上是一个东西。按理说，人对自己的"我"应该是十分了解的；然而，事实上却不尽然。依我看，大部分人是不了解自己的，都是自视过高的。这在人类历史上竟成了一个哲学上的大问题。否则古希腊哲人发出狮子吼："要认识你自己！"岂不成了一句空话吗？

我认为，我是认识自己的，换句话说，是有点自知之明的。我经常像鲁迅先生说的那样剖析自己。然而结果并不美妙，我剖析得有点过了头，我的自知之明过了头，有时候真感到自己一无是处。

这表现在什么地方呢？

拿写文章做一个例子。专就学术文章而言，我并不认为"文章是自己的好"。我真正满意的学术论文并不多。反而别人的学术文章，包括一些青年后辈的文章在内，我觉得是好的。为什么会出现这种心情呢？我还没得到答案。

再谈文学作品。在中学时候，虽然小伙伴们曾赠我一个"诗人"的绰号，实际上我没有认真写过诗。至于散文，则是写的，而且已经写了六十多年。加起来也有七八十万字了。然而自己真正满意的也屈指可数。在另一方面，别人的散文就真正觉得好的也十分有限。这又是什么原因呢？我也还没得到答案。

在品行的好坏方面，我有自己的看法。什么叫好？什么又叫坏？我不通伦理学，没有深邃的理论，我只能讲几句大白话。我认为，只替自己着想，只考虑个人利益，就是坏。反之能替别人着想，考虑别人的利益，就是好。为自己着想和为别人着想，后者能超过一半，他就是好人。低于一半，则是不好的人；低得过多，则是坏人。

拿这个尺度来衡量一下自己，我只能承认自己是一个好人。我尽管有不少的私心杂念，但是总起来看，我考虑别人的利益还是多于一半的。至于说真话与说谎，这当然也是衡量品行的一个标准。我说过不少谎话，因为非此则不能生存。但是我还是敢于讲真话的。我的真话总是大大地超过谎话。因此我是一个好人。

我这样一个自命为好人的人，生活情趣怎样呢？我是一个感情充沛的人，也是兴趣不老少的人。然而事实上生活了八十年以后，到头来自己都感到自己枯燥乏味，干干巴巴，好像是一棵枯树，只有树干和树枝，而没有一朵鲜花，一片绿叶。自己搞的所谓学问，别人称之为"天书"。自己写的一些专门的学术著作，别人视之为神秘。年届耄耋，过去也曾有过一些幻想，想在生活方面改弦更张，减少一点枯燥，增添一点滋润，在枯枝粗干上开出一点鲜花，长上一点绿叶；然而直到今天，仍然是忙忙碌碌，有时候整天连轴转，"为他人做嫁衣裳"，而且退休无日，路穷有期，可叹亦复可笑！

我这一生，同别人差不多，阳关大道，独木小桥，都走过跨过。坎坎坷坷，弯弯曲曲，一路走了过来。我不能不承认，我运气不错，所得到的成功，所获得的虚名，都有点名不副实。在另一方面，我的倒霉也有非常人所可得者。在那骇人听闻的所谓什么"大革命"中，因为敢于仗义执言，几乎把老命赔上。皮肉之苦也是永世难忘的。

现在，我的人生之旅快到终点了。我常常回忆八十年来的历程，感慨万端。我曾问过自己一个问题：如果真有那么一个造物主，要加恩于我，让我下一辈子还转生为人，我是不是还走今生走的这一条路？经过了一些思虑，我的回答是：还要走这一条路。但是有一个附带条件：让我的脸皮厚一些，让我的心黑一点，让我考虑自己的利益多一点，让我自知之明少一点。

1992 年 11 月 16 日

忘

记得曾在什么地方听过一个笑话：一个人善忘。一天，他到野外去出恭，任务完成后，却找不到自己的腰带了。他出了一身汗，好歹找到了，大喜过望，说道："今天运气真不错，平白无故地捡了一条腰带！"一转身，不小心，脚踩到了自己刚才拉出来的屎堆上。于是勃然大怒："这是哪一条混账狗在这里拉了一泡屎？"

这本来是一个笑话，在我们现实生活中，未必会有的。但是，人一老，就容易忘事糊涂，却是经常见到的事。

我认识一位著名的画家，本来是并不糊涂的。但是，年过八旬以后，却慢慢地忘事糊涂起来。我们将近半个世纪以前就认识了，颇能谈得来，而且平常也还是有些接触的。然而，最近几年来，每次见面，他把我的尊姓大名完全忘了。从眼镜后面流出来的淳朴宽厚的目光，落到我的脸上，其中饱含着疑惑的神气。我连忙说："我是季羡林，是北京大学的。"他点头称是。但是，过了没有五分钟，他又问我："你是谁呀！"我敬谨回答如上。在每一次会面中，尽管时间不长，这样尴尬的局面总会出现几次。我心里想：老友确是老了！

有一年，我们邂逅在香港。一位有名的企业家设盛筵，宴嘉宾。香港著名的人物参加者为数颇多，比如饶宗颐、邵逸夫、杨振宁等先生都在其中。宽敞典雅、雍容华贵的宴会厅里，一时珠光宝气，璀璨生辉，可谓极一时之盛。至于菜肴之精美，服务之周到，自然更不在话下了。我同这一位画家老友都是主宾，被安排在主人座旁。但是正当觥筹交错，逸兴湍飞之际，他忽然站了起来，转身要走，他大概认为宴会已经结束，到了拜拜的时候了。众人愕然，他夫人深知内情，赶快起身，把他拦住，又拉回到座位上，避免了一场尴尬的局面。

前几年，中国敦煌吐鲁番学会在富丽堂皇的北京图书馆的大报告厅里举行年会。我这位画家老友是敦煌学界的元老之一，获得了普遍的尊敬。按照中国现行的礼节，必须请他上主席台并且讲话。但是，这却带来了困难。像许多老年人一样，他脑袋里刹车的部件似乎老化失灵。一说话，往往像开汽车一样，刹不住车，说个不停，没完没了。会议是有时间限制的，听众的忍耐也决非无限。在这危难之际，我同他的夫人商议，由她写一个简短的发言稿，往他口袋里一塞，叮嘱他念完就算完事，不悖行礼如仪的常规。然而他一开口讲话，稿子之事早已忘入九霄云外。看样子是打算从盘古开天辟地讲起。照这样下去，讲上几千年，也讲不到今天的会。到了听众都变成了化石的时候，他也许才讲到春秋战国！我心里急如热锅上的蚂蚁，忽然想到：按既定方针办。我请他的夫人上台，从他的口袋掏出了讲稿，耳语了几句。他恍然大悟，点头称是，把讲稿念完，回到原来的座位。于是一场惊险才化险为夷，皆大欢喜。

我比这位老友小六七岁。有人赞我耳聪目明，实际上是耳欠聪，目欠明。如人饮水，冷暖自知，其中滋味，实不足为外人道也。但是，我脑袋里的刹车部件，虽然老化，尚可使用。再加上我有点自知之明，我的新座右铭是：老年之人，刹车失灵，戒之在说。一向奉行不违，还没有碰到下不了台的窘境。在潜意识中颇有点沾沾自喜了。

然而我的记忆机构也逐渐出现了问题。虽然还没有达到画家老友那样"神品"的水平，也已颇有可观。在这方面，我是独辟蹊径，创立了有季羡林特色的"忘"的学派。

我一向对自己的记忆力，特别是形象的记忆，是颇有一点自信的。四五十年前，甚至六七十年前的一个眼神，一个手势，至今记忆犹新，召之即来，显现在眼前，耳旁，如见其形，如闻其声，移到纸上，即成文章。可是，最近几年以来，古旧的记忆尚能保存，对眼前非常熟的人，见面时往往忘记了他的姓名。在第一瞥中，他的名字似乎就在嘴边，舌上。然而一转瞬间，不到十分之一秒，这个呼之欲出的姓名，就蓦地隐藏了起来，再也说不出了。说不出，也就算了，这无关宇宙大事、国家大事，甚至个人大事，完全可以置之不理的。而且脑袋里像电灯似的断了的保险丝，还会接上的。些许小事，何必介意？然而不行，它成了我的一块心病。我像着了魔似的，走路，看书，吃饭，睡觉，只要思路一转，立即想起此事。好像是，如果想不出来，自己就无法活下去，地球就停止了转动。我从字形上追忆，没有结果；我从发音上追忆，结果杳然。最怕半夜里醒来，本来睡得香香甜甜，如果没有干扰，保证一夜幸福。然而，像电光石火一闪，名字问题又浮现出来。古人常说的平旦之气，是非常美妙的，然而此时却美妙不起来了。我辗转反侧，瞪着眼一直瞪到天亮。其苦味实不足为外人道也。但是，不知道是哪一位神灵保佑，脑袋又像电光石火似的忽然一闪，他的姓名一下子出现了。古人形容快乐常说"洞房花烛夜，金榜题名时"，差可同我此时的心情相比。

这样小小的悲喜剧，一出刚完，又会来第二出，有时候对于同一个人的姓名，竟会上演两出这样的戏。而且出现的频率还是越来越多。自己不得不承认，自己确实是老了。郑板桥说："难得糊涂。"对我来说，并不难得，我于无意中得之，岂不快哉！

然而忘事糊涂就一点好处都没有吗？

我认为，有的，而且很大。自己年纪越来越大，对于"忘"的评价却越来越高，高到了宗教信仰和哲学思辨的水平。苏东坡的词说："人有悲欢离合，月有阴晴圆缺，此事古难全。"他是把悲和欢、离和合并提。然而古人说：不如意事常八九。这是深有体会之言。悲总是多于欢，离总是多于合，几乎每个人都是这样。如果造物主——如果真有的话——不赋予人类以"忘"的本领——我宁愿称之为本能，那么，我们人类在这么多的悲和离的重压下，能够活下去吗？我常常暗自胡思乱想：造物主这玩意儿（用《水浒》的词儿，应该说是"这话儿"）真是非常有意思。他（她？它？）既严肃，又油滑；既慈悲，又残忍。老子说："天地不仁，以万物为刍狗。"这话真说到了点子上。人生下来，既能得到一点乐趣，又必须忍受大量的痛苦，后者所占的比重要多得多。如果不能"忘"，或者没有"忘"这个本能，那么痛苦就会时时刻刻都新鲜生动，时时刻刻像初产生时那样剧烈残酷地折磨着你。这是任何人都无法忍受下去的。然而，人能"忘"，渐渐地从剧烈到淡漠，再淡漠，再淡漠，终于只剩下一点残痕；有人，特别是诗人，甚至爱抚这一点残痕，写出了动人心魄的诗篇，这样的例子，文学史上还少吗？

因此，我必须给赋予我们人类"忘"的本能的造化小儿大唱赞歌。试问，世界上哪一个圣人、贤人、哲人、诗人、阔人、猛人、这人、那人，能有这样的本领呢？

我还必须给"忘"大唱赞歌。试问：如果人人一点都不忘，我们的世界会成什么样子呢？

遗憾的是，我现在尽管在"忘"的方面已经建立了有季羡林特色的学派，可是自谓在这方面仍是钝根。真要想达到我那位画家朋友的水平，仍须努力。如果想达到我在上面说的那个笑话中人的境界，仍是可望而不可即。但是，我并不气馁，我并没有失掉信心，有朝一日，我总会达到的。勉之哉！勉之哉！

1993 年 7 月 6 日

老少之间

在任何国家、任何时代的任何社会里,总都会有老年人和青少年人同时并存。从年龄上来说,这是社会的两极,中间是中年,这样一些不同年龄的阶层,共同形成了我们的社会,所谓芸芸众生者就是。

从社会方面来讲,这个模式是不变的,是固定的。但是,从每一个人来说,它却是不固定的,经常变动的。今天你是少年,转瞬就是中年。你如果不中途退席的话,前面还有一个老年阶段在等候着你。老年阶段以后呢?那谁都知道,用不着细说。

想要社会安定,就必须处理好这三个年龄阶段之间的关系,特别是社会两极的老年与少年的关系。现在人们有时候讲到"代沟"——我看这也是舶来品——有人说有，有人说无，我是承认有的。因为事实就是如此，是否认不掉的。而且从某种意义上来说，有"代沟"正标明社会在不断前进。如果不前进，"沟"从何来？

承认有"代沟"，不就万事大吉。真要想保持社会的安定团结，还必须进一步对"沟"两边的具体情况加以分析。中年这一个中间阶段，我先不说，我只分析老少这两极。

一言以蔽之，这两极各有各的优缺点。老年人人生经历多，识多见广，这是优点。缺点往往是自以为是，执拗固执。动不动就是：我吃的盐比你吃的面还多，我走过的桥比你走过的路还长。个别人仕途失意，牢骚满腹："世人皆醉而我独醒，世人皆浊而我独清。"简直变成了九斤老太，唠唠叨叨，什么都是从前的好。结果惹得大家都不痛快。

我想在这里特别提出一个我个人观察到的老年人的缺点，就是喜欢说话，喜欢长篇发言。开一个会两小时，他先包办一半，甚至四分之三。别人不耐烦看表，他老眼昏花，不视不见，结果如何，一想便知。听说某大学有一位老教授，开会他一发言，有经验的人士就回家吃饭。酒足饭饱，回来看，老教授的发言还没有结束，仍然在那里"悬河泻水"哩。

因此，我对老年人有几句箴言：老年之人，血气已衰；

煞车失灵，戒之在说。

至于年轻人，他们朝气蓬勃，进取心强。在他们眼前的道路上，仿佛铺满了玫瑰花。他们对任何事情都不畏缩，九天揽月，五洋捉鳖，易如反掌，唾手可得。这是一种非常可贵的精神，只能保护，不能挫伤。然而他们的缺点就正隐含在这种优点中。他们只看到玫瑰花的美，只闻到玫瑰花的香；他们却忘记了玫瑰花是带刺的，稍不留心，就会扎手。

那么，怎么办呢？我没有什么高招，我只有几句老生常谈：老年少年都要有自知之明，越多越好。老的不要"倚老卖老"，少的不要"倚少卖少"。后一句话是我杜撰出来的，我个人认为，这个杜撰是正确的。老少之间应当互相了解，理解，谅解。最重要的是谅解。有了这个谅解，我们社会的安定团结就有了保证。

1994 年 7 月 3 日

容忍

人处在家庭和社会中,有时候恐怕需要讲点容忍的。

唐朝有一个姓张的大官,家庭和睦,美名远扬,一直传到了皇帝的耳中。皇帝赞美他治家有道,问他道在何处,他一气写了一百个"忍"字。这说得非常清楚:家庭中要互相容忍,才能和睦。这个故事非常有名。在旧社会,新年贴春联,只要门楣上写着"百忍家声"就知道这一家一定姓张。中国姓张的全以祖先的容忍为荣了。

但是容忍也并不容易。1935年,我乘西伯利亚铁路的车经苏联赴德国,车过中苏边界上的满洲里,停车四小时,由苏联海关检查行李。这是无可厚非的,入国必须检查,这是世界公例。但是,当时的苏联大概认为,我们这一帮人,从一个资本主义国家到另一个资本主义国家，恐怕没有好人，必须严查，以防万一。检查其他行李，我决无意见。但是，在哈尔滨买的一把最粗糙的铁皮壶，却成了被检查的首要对象。这里敲敲，那里敲敲，薄薄的一层铁皮决藏不下一颗炸弹的，然而他却敲打不止。我真有点无法容忍，想要发火。我身旁有一位年老的老外，是与我们同车的，看到我的神态，在我耳旁悄悄地说了句：Patience is the great virtue（容忍是很大的美德）。我对他微笑，表示致谢。我立即心平气和，天下太平。

看来容忍确是一件好事，甚至是一种美德。但是，我认为，也必须有一个界限。我们到了德国以后，就碰到这个问题。旧时欧洲流行决斗之风，谁污辱了谁，特别是谁的女情人，被污辱者一定要提出决斗。或用手枪，或用剑。普希金就是在决斗中被枪打死的。我们到了的时候，此风已息，但仍发生。我们几个中国留学生相约：如果外国人污辱了我们自身，我们要揣度形势，主要要容忍，以东方的恕道克制自己。但是，如果他们污辱我们的国家，则无论如何也要同他们玩儿命，决不容忍。这就是我们容忍的界限。幸亏这样的事情没有发生，否则我就活不到今天在这里舞笔弄墨了。

现在我们中国人的容忍水平，看了真让人气短。在公共汽车上,挤挤碰碰是常见的现象。如果碰了或者踩了别人,连忙说一声:"对不起!"就能够化干戈为玉帛,然而有不少人连"对不起"都不会说了。于是就相吵相骂,甚至于扭打,甚至打得头破血流。我们这个伟大的民族怎么竟变成了这个样子!我在自己心中暗暗祝愿:容忍兮,归来!

1996 年 12 月 17 日

老马识途

无论是在文章中,还是在口头上,"老马识途"是常常使用的一个典故。由于使用的频率颇高,因此而变成了一句俗语。

这个典故的出处是《韩非子·说林上》,与管仲和齐桓公有关。有一次,齐桓公伐孤竹,"春往冬反,迷惑失道。管仲曰:'老马之智可用也。'乃放老马而随之,遂得道。"不管历史事实怎样,老马的故事是绝对可信的。不但马能识途,连驴、骡、猫、狗等等动物都有识途的本领或者本能。

但是,切不可迷信。

在古代,老马等之所以能够识途,因为它们老走同一条道路,而古代道路的变化很少,道路两旁的建筑物变化也不会大。久而久之，这些牲畜就记住了。只要把缰绳放开，让它们自由行动，它们必然能找到回家的道路。也许这些牲畜还有什么"特异功能"，我没有研究过，暂且不说。

但是，人类社会前进的速度越来越快，道路和建筑物的变化也越来越大。到了今天，简直一日数变。住在大城市里的人，三天不出门，再一出门，就有可能认不清街道。原来是一片空地，现在却像幻术一样，突然矗立在你的眼前的是一座摩天高楼。原来是一条羊肠小道，现在却突然变成了一条柏油马路。会晕头转向，这不必说了。即使老马一流的动物真有"特异功能"，也将无所用其技了。

我就有一个亲身的经验。有一天，我走出北大南门到黄庄邮局去，我在海淀已经住了将近半个世纪，是这里的一匹地地道道的老马。我也颇有自信，即使把我的眼蒙住，我也能够找回家来。然而，这一回我却出了丑，现了眼。我走了一条新路，一走出去，是一条大马路，车如流水马如龙。我一时傻了眼：这是什么地方呀？我的黄庄在哪里呀！我一时目眩口呆，只觉得天昏地转，大有白天"鬼挡墙"之感。我好不容易定了定神，猛抬头看到马路上驶过去的332路公共汽车，我才如梦方醒，终于安全地走回到了学校。

像我这样一匹老马，脑筋是"难得糊涂"的，眼耳都还能准确地使用；然而在距北大咫尺之地竟然栽了这样一个跟头，这个跟头在我心中摔出了一个"顿悟"。我悟到，千万不要再迷信老马识途，千万不要在任何方面，包括研究学问方面以老马自居。到了现在，我觉得倒是"小马识途"。因为年轻人无所蔽，无所惧，常常出门，什么摩天大楼，什么柏油马路，在他们眼中都很平常。

我们这些老马千万要向小马学习。

1997 年 5 月 9 日

三思而行

"三思而行",是我们现在常说的一句话,主要劝人做事不要鲁莽,要仔细考虑,然后行动,则成功的可能性会大一些,碰壁的可能性会小一些。

要数典而不忘祖,也并不难。这个典故就出在《论语·公冶长第五》:"季文子三思而后行。子闻之曰:'再,斯可矣。'"这说明,孔老夫子是持反对意见的。吾家老祖宗文子(季孙行父)的三思而后行的举动,二千六七百年以来,历代都得到了几乎全天下人的赞扬,包括许多大学者在内。查一查《十三经注疏》,就能一目了然。《论语正义》说:"三思者,言思之多,能审慎也。"许多书上还表扬了季文子,说他是"忠而有贤行者"。甚至有人认为三思还不够。《三国志·吴志·诸葛恪传注》中说：有人劝恪"每事必十思"。可是我们的孔圣人却冒天下之大不韪，批评了季文子三思过多，只思二次（再）就够了。

这怎么解释呢？究竟谁是谁非呢？

我们必须先弄明白，什么叫"三思"。总起来说，对此有两个解释，一个是"言思之多"，这在上面已经引过。一个是"君子之谋也，始衷（中）终皆举之而后入焉"。这话虽为文子自己所说，然而孔子以及上万上亿的众人却不这样理解。他们理解，一直到今天，仍然是"多思"。

多思有什么坏处呢？又有什么好处呢？根据我个人几十年来的体会，除了下围棋、象棋等等以外，多思有时候能使人昏昏，容易误事。平常骂人说是"不肖子孙"，意思是与先人的行动不一样的人。我是季文子的最"肖"子孙。我平常做事不但三思，而且超过三思，是否达到了人们要求诸葛恪做的"十思"，没作统计，不敢乱说。反正是思过来，思过去，越思越糊涂，终而至头昏昏然，而仍不见行动，不敢行动。我这样一个过于细心的人，有时会误大事的。我觉得，碰到一件事，决不能不思而行，鲁莽行动。记得当年在德国时，法西斯统治正如火如荼，一些盲目崇拜希特勒的人，常常使用一个词儿Darauf-galngertum，意思是"说干就干，不必思考"。

这是法西斯的做法，我们必须坚决扬弃。遇事必须深思熟虑，先考虑可行性，考虑的方面越广越好。然后再考虑不可行性，也是考虑的方面越广越好。正反两面仔细考虑完以后，就必须加以比较，作出决定，立即行动。如果你考虑正面，又考虑反面之后，再回头来考虑正面，又再考虑反面，那么，如此循环往复，终无宁日，最终成为考虑的巨人，行动的侏儒。

所以，我赞成孔子的"再，斯可矣"。

1997 年 5 月 11 日

从哲学的高度来看中餐与西餐

中餐与西餐是世界两大菜系。从表面上来看，完全不同。实际上，前者之所以异于后者几希。前者是把肉、鱼、鸡、鸭等与蔬菜合烹，而后者则泾渭分明地分开而已。大多数西方人都认为中国菜好吃。那么你为什么就不能把肉菜合烹呢？这连一举手一投足之劳都用不着，可他们就是不这样干。文化交流，盖亦难矣。

然而，这中间还有更深一层的理由。

到了今天，烹制西餐，在西方已经机械化、数字化。连煮一个鸡蛋，都要手握钟表，计算几分几秒。做菜，则必须按照食谱，用水若干，盐几克，油几克，其他作料几克，仍然是按钟点计算，一丝不苟。这同西方的基本的思维模式，分析的思维模式，紧密相联。我所说的"哲学的高度"，指的就是这种现象。

而在中国，情况则完全不同。中国菜系繁多，据说有八大菜系或者更多的菜系。每个系的基本规律是完全相同，这就是我在上面所说的：蔬菜与肉、鱼、鸡、鸭等等合烹，但是烹出来的结果则不尽相同。鲁菜以咸胜，川菜以辣胜，粤菜以生猛胜，苏沪菜以甜淡胜，如此等等，不一而足。我于此道并非内行里手，说不出多少名堂。至于烹调方式，则更是名目繁多，什么炒、煎、炸、蒸、煮、汆、烩等等，还有更细微幽深，可惜我的知识和智慧有限，就只能说这么多了。我从来没见哪一个掌勺儿的大师傅手持钟表，眼观食谱，按照多少克添油加醋。他面前只摆着一些油、盐、酱、醋、味精等作料。只见他这个碗里舀一点，那个碟里舀一点，然后用铲子在锅里翻炒，运斤成风，迅速熟练，最后在一团瞬间的火焰中，一盘佳肴就完成了。据说多炒一铲则太老，少炒一铲则太嫩，运用之妙，存乎一心，谁也说不出一个道道来。老外观之，目瞪口呆，莫名其妙。其中也有哲学。这是东方基本思维模式，综合的思维模式在起作用。有"科学"头脑的人，也许认为这有点模糊。然而，妙就妙在模糊，最新的科学告诉我们，模糊无所不在。

听说,若干年前,一位著名的美籍华人学者的夫人,把《随园食谱》译成了英文,也按照西方办法,把《食谱》机械化、数字化了,也加上了几克等等。有好事者遵照食谱,烹制佳肴。然而结果呢?炒出来的菜实在难以下咽,谁都不想吃。追究原因,有可能是袁子才英雄欺人,在《食谱》中故弄玄虚。我认为,最大的可能是,这位夫人去国日久,忘记了中国哲学的精粹,上了西方思维模式的当,上了西方哲学的当。

1997年5月12日

毁誉

好誉而恶毁，人之常情，无可非议。

古代豁达之人倡导把毁誉置之度外。我则另持异说，我主张把毁誉置之度内。置之度外，可能表示一个人心胸开阔；但是，我有点担心，这有可能表示一个人的糊涂或颟顸。

我主张对毁誉要加以细致的分析。首先要分清：谁毁你？谁誉你？在什么时候？在什么地方？由于什么原因？这些情况弄不清楚，只谈毁誉，至少是有点模糊。

我记得在什么笔记上读到过一个故事。一个人最心爱的人，只有一只眼。于是他就觉得天下人（一只眼者除外）都多长了一只眼。这样毁誉能靠得住吗？

还有我们常常讲什么"党同伐异"，又讲什么"臭味相投"等等。这样的毁誉能相信吗？

孔门贤人子路"闻过则喜"，古今传为美谈。我根本做不到，而且也不想做到，因为我要分析：是谁说的？在什么时候，在什么地点，因为什么而说的？分析完了以后，再定"则喜"，或是"则怒"。喜，我不会过头。怒，我也不会火冒十丈，怒发冲冠。孔子说："野哉，由也！"大概子路是一个粗线条的人物，心里没有像我上面说的那些弯弯绕。

我自己有一个颇为不寻常的经验。我根本不知道世界上有某一位学者，过去对于他的存在，我一点都不知道；然而，他却同我结了怨。因为，我现在所占有的位置，他认为本来是应该属于他的，是我这个"鸠"把他这个"鹊"的"巢"给占据了。因此，勃然对我心怀不满。我被蒙在鼓里，很久很久，最后才有人透了点风给我。我知道，天下竟有这种事，只能一笑置之。不这样又能怎样呢？我想向他道歉，挖空心思，也找不出丝毫理由。

大千世界，芸芸众生，由于各人禀赋不同，遗传基因不同，生活环境不同；所以各人的人生观、世界观、价值观、好恶观等等，都不会一样，都会有点差别。比如吃饭，有人爱吃辣，有人爱吃咸，有人爱吃酸，如此等等。又比如穿衣，有人爱红，有人爱绿，有人爱黑，如此等等。在这种情况下，最好是各人自是其是，而不必非人之非。俗语说："各扫自家门前雪，不管他人瓦上霜。"这话本来有点贬义，我们可以正用。每个人都会有友，也会有"非友"，我不用"敌"这个词儿，避免误会。友，难免有誉；非友，难免有毁。碰到这种情况，最好抱上面所说的分析的态度，切不要笼而统之，一锅糊涂粥。

好多年来，我曾有过一个"良好"的愿望：我对每个人都好，也希望每个人对我都好。只望有誉，不能有毁。最近我恍然大悟，那是根本不可能的。如果真有一个人，人人都说他好，这个人很可能是一个极端圆滑的人，圆滑到琉璃球又能长上脚的程度。

1997 年 6 月 23 日

爱情

一

人们常说,爱情是文艺创作的永恒的主题。不同意这个意见的人,恐怕是不多的。爱情同时也是人生不可缺少的东西,即使后来出家当了和尚,与爱情完全"拜拜";在这之前也曾趟过爱河,受过爱情的洗礼,有名的例子不必向古代去搜求,近代的苏曼殊和弘一法师就摆在眼前。

可是为什么我写"人生漫谈"已经写了三十多篇,还没有碰爱情这个题目呢?难道爱情在人生中不重要吗?非也。只因它太重要,太普遍,但却又太神秘,太玄乎,我因而不敢去碰它。

中国俗话说："丑媳妇迟早要见公婆的。"我迟早也必须写关于爱情的漫谈的。现在，适逢有一个机会，我正读法国大散文家蒙田的随笔《论友谊》这一篇，里面谈到了爱情。我干脆抄上几段，加以引申发挥，借他人的杯，装自己的酒，以了此一段公案。以后倘有更高更深刻的领悟，还会再写的。

蒙田说：我们不可能将爱情放在友谊的位置上。"我承认，爱情之火更活跃，更激烈，更灼热……但爱情是一种朝三暮四、变化无常的感情，它狂热冲动，时高时低，忽冷忽热，把我们系于一发之上。而友谊是一种普遍和通用的热情。……再者，爱情不过是一种疯狂的欲望，越是躲避的东西越要追求。……爱情一旦进入友谊阶段，也就是说，进入意愿相投的阶段，它就会衰弱和消逝。爱情是以身体的快感为目的，一旦享有了，就不复存在。"

总之，在蒙田眼中，爱情比不上友谊，不是什么好东西。我个人觉得，蒙田的话虽然说得太激烈，太偏颇，太极端；然而我们却不能不承认，它有合理的实事求是的一方面。

根据我个人的观察与思考，我觉得，世人对爱情的态度可以笼统分为两大流派：一派是现实主义，一派是理想主义。蒙田显然属于现实主义，他没有把爱情神秘化、理想化。如果他是一个诗人的话，他也决不会像一大群理想主义的诗人那样，写出些卿卿我我、鸳鸯蝴蝶，有时候甚至拿肉麻当有趣的诗篇，令普天下的才子佳人们击节赞赏。他干净利落地直言不讳，把爱情说成是"朝三暮四、变化无常的感情"。对某一些高人雅士来说，这实在有点大煞风景，仿佛在佛头上着粪一样。

我不才，窃自附于现实主义一派。我与蒙田也有不同之处：我认为，在爱情的某一个阶段上，可能有纯真之处。否则就无法解释，据说日本青年恋人在相爱达到最高潮时有的就双双跳入火山口中，让他们的爱情永垂不朽。

二

像这样的情况，在日本恐怕也是极少极少的。在别的国家，则未闻之也。

当然，在别的国家也并不缺少歌颂纯真爱情的诗篇、戏剧、小说，以及民间传说。莎士比亚的《罗密欧与朱丽叶》，中国的梁山伯与祝英台是世所周知的。谁能怀疑这种爱情的纯真呢？专就中国来说，民间类似梁祝爱情的传说，还能够举出不少来。至于"誓死不嫁"和"誓死不娶"的真实的故事，则所在多有。这样一来，爱情似乎真同蒙田的说法完全相违，纯真圣洁得不得了啦。

我在这里想分析一个有名的爱情的案例，这就是杨贵妃和唐玄宗的爱情故事，这是一个古今艳称的故事。唐代大诗人白居易的《长恨歌》歌颂的就是这一件事。你看，唐玄宗失掉了杨贵妃以后，他是多么想念，多么情深："夕殿萤飞思悄然，孤灯挑尽未成眠。"这一首歌最后两句诗是："天长地久有时尽，此恨绵绵无绝期。"写得多么动人心魄，多么令人同情，好像他们两人之间的爱情真正纯真到了无以复加的程度。但是，常识告诉我们，爱情是有排他性的，真正的爱情不容有一个第三者。可是唐玄宗怎样呢？"后宫佳丽三千人"，小老婆真够多的。即使是"三千宠爱在一身"，这"在一身"能可靠吗？白居易以唐代臣子，竟敢乱谈天子宫闱中事，这在明清是绝对办不到的。这先不去说它，白居易真正头脑简单到相信这爱情是纯真的才加以歌颂吗？抑或另有别的原因？

这些封建的爱情"俱往矣"，今天我们怎样对待爱情呢？我明人不说暗话，我是颇有点同意蒙田的意见的。中国古人说："食、色，性也。"爱情，特别是结婚，总是同"色"相联系的。家喻户晓的《西厢记》歌颂张生和莺莺的爱情，高潮竟是一幕"酬简"，也就是"以身相许"。个中消息，很值得我们参悟。

我们今天的青年怎样对待爱情呢？这我有点不大清楚，也没有什么青年人来同我这望九之年的老古董谈这类事情。据我所见所闻，那一套封建的东西早为今天的青年所扬弃。如果真有人想向我这爱情的盲人问道的话，我也可以把我的看法告诉他们。如果一个人不想终生独身的话，他必须谈恋爱以至结婚，这是"人间正道"。但是千万别浪费过多的时间，终日卿卿我我，闹得神魂颠倒，处心积虑，不时闹点小别扭，学习不好，工作难成，最终还可能是"竹篮子打水一场空"。这真是何苦来！我并不提倡两人"一见倾心"，立即办理结婚手续。我觉得，两个人必须有一个互相了解的过程。这过程不必过长，短则半年，多则一年。余出来的时间应当用到刀刃上，搞点事业，为了个人，为了家庭，为了国家，为了世界。

三

已经写了两篇关于爱情的短文，但觉得仍然是言犹未尽，现在再补写一篇。像爱情这样平凡而又神秘的东西，这样一种社会现象或心理活动，即使再将篇幅扩大十倍，二十倍，一百倍，也是写不完的。补写此篇，不过聊补前两篇的一点疏漏而已。

在旧社会实行"父母之命，媒妁之言"的办法，男女青年不必伤任何脑筋，就入了洞房。我们可以说，结婚是爱情的开始。但是，不要忘记，也有"绿叶成荫子满枝"而终于不知爱情为何物的例子，而且数目还不算太少。到了现代，实行自由恋爱了，有的时候竟成了结婚是爱情的结束。西方和当前的中国，离婚率颇为可观，就是一个具体的例证。据说，有的天主教国家教会禁止离婚。但是，不离婚并不等于爱情能继续，只不过是外表上合而不离，实际上则各寻所欢而已。

爱情既然这样神秘，相爱和结婚的机遇——用一个哲学的术语就是偶然性——又极其奇怪，极其突然，决非我们个人所能掌握的。在困惑之余，东西方的哲人俊士束手无策，还是老百姓有办法，他们乞灵于神话。

一讲到神话，据我个人的思考，就有中外之分。西方人创造了一个爱情，叫做 Jupiter 或 Cupid，是一个手持弓箭的童子，他的箭射中了谁，谁就坠入爱河。印度古代文化毕竟与欧洲古希腊、罗马有缘，他们也创造了一个叫做 Kāmaolliva 的爱神，也是手持弓箭，被射中者立即相爱，决不敢有违。这些神话当然是同一来源，此不见论。

在中国，我们没有"爱神"的信仰，我们另有办法。我们创造了一个月老，他手中拿着一条红线，谁被红线拴住，不管是相距多么远，天涯海角，恍若比邻，两人必然走到一起，相爱结婚。从前西湖有一座月老祠，有一副对联是天下闻名的："愿天下有情人都成了眷属，是前生注定事莫错过姻缘。"多么质朴，多么有人情味！只有对某些人来说，"前生"和"姻缘"显得有点渺茫和神秘。可是，如果每一对夫妇都回想一下你们当初相爱和结婚的过程的话，你能否定月老祠的这一副对联吗？

我自己对这副对联是无法否认的，但又找不到"科学根据"。我倒是想忠告今天的年轻人，不妨相信一下。我对现在西方和中国青年人的相爱和结婚的方式，无权说三道四，只是觉得不大能接受。我自知年已望九，早已属于博物馆中的人物。我力避发九斤老太之牢骚，但有时又如骨鲠在喉不得不一吐为快耳。

1997 年 11 月 22 日

缘分与命运

缘分与命运本来是两个词儿，都是我们口中常说，文中常写的。但是，仔细琢磨起来，这两个词儿含义极为接近，有时达到了难解难分的程度。

缘分和命运可信不可信呢？

我认为，不能全信，又不可不信。

我绝不是为算卦相面的"张铁嘴""王半仙"之流的骗子来张目。算八字算命那一套骗人的鬼话，只要一个异常简单的事实就能揭穿。试问普天之下——番邦暂且不算，因为老外那里没有这套玩意儿——同年、同月、同日、同时生的孩子有几万，几十万，他们一生的经历难道都能够绝对一样吗？绝对的不一样，倒近于事实。

可你为什么又说，缘分和命运不可不信呢？

我也举一个异常简单的事实。只要你把你最亲密的人，你的老伴——或者"小伴"，这是我创造的一个名词儿，年轻的夫妻之谓也——同你自己相遇，一直到"有情人终成了眷属"的经过回想一下，便立即会同意我的意见。你们可能是一个生在天南，一个生在海北，中间经过了不知道多少偶然的机遇，有的机遇简直是间不容发，稍纵即逝，可终究没有错过，你们到底走到一起来了。即使是青梅竹马的关系，也同样有个"机遇"问题。这种"机遇"是报纸上的词儿，哲学上的术语是"偶然性"，老百姓嘴里就叫作"缘分"或"命运"。这种情况，谁能否认，又谁能解释呢？没有办法，只好称之为缘分或命运。

北京西山深处有一座辽代古庙名叫"大觉寺"。此地有崇山峻岭，茂林流泉，有三百年的玉兰树，二百年的藤萝花，是一个绝妙的地方。将近二十年前，我骑自行车去过一次。当时古寺虽已破败，但仍给我留下了深刻的印象，至今忆念难忘。去年春末，北大中文系的毕业生欧阳旭邀我们到大觉寺去剪彩，原来他下海成了颇有基础的企业家。他毕竟是书生出身，念念不忘为文化做贡献。他在大觉寺里创办了一个明慧茶院，以弘扬中国的茶文化。我大喜过望，准时到了大觉寺。此时的大觉寺已完全焕然一新，雕梁画栋，金碧辉煌，玉兰已开过而紫藤尚开，品茗观茶道表演，心旷神怡，浑然欲忘我矣。

将近一年以来，我脑海中始终有一个疑团：这个英年岐嶷的小伙子怎么会到深山里来搞这么一个茶院呢？前几天，欧阳旭又邀我们到大觉寺去吃饭。坐在汽车上，我不禁向他提出了我的问题。他莞尔一笑，轻声说："缘分！"原来在这之前他携伙伴郊游，黄昏迷路，撞到大觉寺里来。爱此地之清幽，便租了下来，加以装修，创办了明慧茶院。

此事虽小，可以见大。信缘分与不信缘分，对人的心情影响是不一样的。信者胜可以做到不骄，败可以做到不馁，决不至胜则忘乎所以，败则怨天尤人。中国古话说："尽人事而听天命。"首先必须"尽人事"，否则馅儿饼绝不会自己从天上落到你嘴里来。但又必须"听天命"。人世间，云谲波诡，因果错综。只有能做到"尽人事而听天命"，一个人才能永远保持心情的平衡。

1998 年 1 月 16 日

论压力

《参考消息》今年7月3日以半版的篇幅介绍了外国学者关于压力的说法。我也正考虑这个问题,因缘和合,不免唠叨上几句。

什么叫"压力"?上述文章中说:"压力是精神与身体对内在与外在事件的生理与心理反应。"下面还列了几种特性,今略。我一向认为,定义这玩意儿,除在自然科学上可能确切外,在人文社会科学上则是办不到的。上述定义我看也就行了。

是不是每一个人都有压力呢?我认为,是的。我们常说,人生就是一场拼搏,没有压力,哪来的拼搏?佛家说,生、老、病、死、苦,苦也就是压力。过去的国王、皇帝,近代外国的独裁者，无法无天，为所欲为，看上去似乎一点压力都没有。然而他们却战战兢兢，时时如临大敌，担心边患，担心宫廷政变，担心被毒害被刺杀。他们是世界上最孤独的人，压力比任何人都大。大资本家钱太多了，担心股市升降，房地产价波动，等等。至于吾辈平民老百姓，"家家有一本难念的经"，这些都是压力，谁能躲得开呢？

　　压力是好事还是坏事？我认为是好事。从大处来看，现在全球环境污染，生态平衡破坏，臭氧层出洞，人口爆炸，新疾病丛生，等等，人们感觉到了，这当然就是压力，然而压出来的却是增强忧患意识，增强防范措施，这难道不是天大的好事吗？对一般人来说，法律和其他一切合理的规章制度，都是压力。然而这些压力何等好啊！没有它，社会将会陷入混乱，人类将无法生存。这个道理极其简单明了，一说就懂。我举自己作一个例子。我不是一个没有名利思想的人——我怀疑真有这种人，过去由于一些我曾经说过的原因，表面上看起来，我似乎是淡泊名利，其实那多半是假象。但是，到了今天，我已至望九之年，名利对我已经没有什么用，用不着再争名于朝，争利于市，这方面的压力没有了。但是却来了另一方面的压力，主要来自电台采访和报刊以及友人约写文章。这对我形成颇大的压力。以写文章而论，有的我实在不愿意写；可是碍于面子，不得不应。应就是压力。于是"拨冗"苦思，往往能写出有点新意的文章。对我来说，这就是压力的好处。

　　压力如何排除呢？粗略来分类，压力来源可能有两类：一被动，一主动。天灾人祸，意外事件，属于被动，这种压力，无法预测，只有泰然处之，切不可杞人忧天。主动的来源于自身，自己能有所作为。我的"三不主义"的第三条是"不嘀咕"，我认为：能做到遇事不嘀咕，就能排除自己制造成的压力。

1998 年 7 月 8 日

谦虚与虚伪

在伦理道德的范畴中,谦虚一向被认为是美德,应该扬。而虚伪则一向被认为是恶习,应该抑。

然而,究其实际,两者间有时并非泾渭分明,其区别间不容发。谦虚稍一过头,就会成为虚伪。我想,每个人都会有这种体会的。

在世界文明古国中,中国是提倡谦虚最早的国家。在中国最古的经典之一的《尚书·大禹谟》中就已经有了"满招损,谦受益,时(是)乃天道"这样的教导,把自满与谦虚提高到"天道"的水平,可谓高矣。从那以后,历代的圣贤无不张皇谦虚,贬抑自满。一直到今天,我们常用的词汇中仍然有一大批与"谦"字有联系的词儿,比如"谦卑"、"谦恭"、"谦和"、"谦谦君子"、"谦让"、"谦顺"、"谦虚"、"谦逊"等，可见"谦"字之深入人心，久而愈彰。

我认为，我们应当提倡真诚的谦虚，而避免虚伪的谦虚，后者与虚伪间不容发矣。

可是在这里我们就遇到了一个拦路虎：什么叫"真诚的谦虚"呢？什么又叫"虚伪的谦虚"？两者之间并非泾渭分明，简直可以说是因人而异，因地而异，因时而异，掌握一个正确的分寸难于上青天。

最突出的是因地而异，"地"指的首先是东方和西方。在东方，比如说中国和日本，提到自己的文章或著作，必须说是"拙作"或"拙文"。在西方各国语言中是找不到相当的词儿的，尤有甚者，甚至可能产生误会。中国人请客，发请柬必须说"洁治菲酌"，不了解东方习惯的西方人就会满腹疑团：为什么单单用"不丰盛的宴席"来请客呢？日本人送人礼品，往往写上"粗品"二字，西方人又会问：为什么不用"精品"来送人呢？在西方，对老师，对朋友，必须说真话，会多少，就说多少。如果你说，这个只会一点点，那个只会一星星儿，他们就会信以为真，在东方则不会。这有时会很危险的。至于吹牛之流，则为东西方同样所不齿，不在话下。

可是怎样掌握这个分寸呢？我认为，在这里，真诚是第一标准。虚怀若谷，如果是真诚的话，它会促你永远学习，永远进步。有的人永远"自我感觉良好"，这种人往往不能进步。康有为是一个著名的例子。他自称，年届而立，天下学问无不掌握。结果说康有为是一个革新家则可，说他是一个学问家则不可。较之乾嘉诸大师，甚至清末民初诸大师，包括他的弟子梁启超在内，他在学术上是没有建树的。

总之，谦虚是美德，但必须掌握分寸，注意东西。在东方谦虚涵盖的范围广，不能施之于西方，此不可不注意者。然而，不管东方或西方，必须出之以真诚，有意的过分的谦虚就等于虚伪。

1998 年 10 月 3 日

温馨,家庭不可或缺的气氛

大千世界,芸芸众生,除了看破红尘出家当和尚的以外,每一个人都会有一个家。一提到家,人们会不由自主地漾起一点温暖之意,一丝幸福之感。

不这样也是不可能的。不管是单职工还是双职工,白天在政府机构、学校、公司、工厂、商店等五花八门的场所工作劳动;不管是脑力劳动,还是体力劳动,都会付出巨大的力量,应付错综复杂的局面,会见性格各异的人物,有时会弄得筋疲力尽。有道是:"不如意事常八九。"哪里事事都会让你称心如意呢?到了下班以后,有如倦鸟还巢一般,带着一身疲惫,满怀喜悦,回到自己家里。这是一个真正的安身立命之处,在这里人们主要祈求的就是温馨。有父母的,向老人问寒问暖，老少都感到温馨；有子女的，同孩子谈上几句，亲子都感到温馨；夫妻说上几句悄悄话，男女都感到温馨。当是时也，白天一天操劳身心两方面的倦意，间或有心中的愤懑，工作中或竞争中偶尔的挫折，在处理事务中或人际关系中碰的一点小钉子，如此等等，都会烟消云散，代之而兴的是融融的愉悦。总之，感到的是不能用任何语言表达的温馨。

你还可以便装野服，落拓形迹。白天在外面有时不得不戴着的假面具，完全可以甩掉。有时不得不装腔作势，以求得能适应对进退的所谓礼貌，也统统可以丢开，还你一个本来面目，圆通无碍，纯然真我。天下之乐宁有过于此者乎？所有这一切都来自家庭中真正的温馨。

但是，是不是每一个家庭都是温馨天成、唾手可得呢？不，不，决不是的。家庭中虽有夫妻关系、亲子关系、血缘关系，但是，所有这一些关系，都不能保证温馨气氛必然出现。俗话说，锅碗瓢盆都会相撞。每个人的脾气不一样，爱好不一样，习惯不一样，信念不一样，而且人是活人，喜怒哀乐，时有突变的情况，情绪也有不稳定的时候，特别是在自己的亲人面前，更容易表露出来。有时候为一点芝麻绿豆大的小事，也会意见相左，处理不得法，也能产生龃龉。天天耳鬓厮磨，谁也不敢保证这种情况不会发生。

那么，我们应当怎么办呢？就我个人来看，处理这样清官难断的家务事，说难极难，说不难也颇易。只要能做到"真"、"忍"二字，虽不中，不远矣。"真"者，真情也；"忍"者，容忍也。我归纳成了几句顺口溜：相互恩爱，相互诚恳，相互理解，相互容忍，出以真情，不杂私心，家庭和睦，其乐无垠。

有人可能不理解，我为什么把容忍强调到这样的高度。要知道，容忍是中华美德之一。我们的往圣先贤，大都教导我们要容忍。民间谚语中，也有不少容忍的内容，教人忍让。有的说法，看似消极，实有积极意义，比如"忍辱负重"，韩信就是一个有名的例子。《唐书》记载，张公艺九世同居，唐高宗问他睦族之道，公艺提笔写了一百多个"忍"字递给皇帝。从那以后，姓张的多自命为"百忍家声"。佛家也十分强调忍辱之要义，经中有很多忍辱仙人的故事。常言道："小不忍则乱大谋。"在家庭中则是"小不忍则乱家庭"。夫妻、父母、子女之间，有时难免有不同的意见，如果一方发点小脾气，你让他（她）一下，风暴便可平息。等到他（她）心态平衡以后，自己会认错的。此时，如果你也不冷静，火冒三丈，轻则动嘴，重则动手，最终可能告到法庭，宣判离婚，岂不大可哀哉！父母兄弟姊妹之间，也有同样的情况。结果，一个好端端的家庭，会弄得分崩离析。这轻则会影响你暂时的情绪，重则影响你的生命前途。难道我这是危言耸听吗？

总之，温馨是家庭不可或缺的气氛，而温馨则是需要培养的。培养之道，不出两端，一真一忍而已。

1998 年 10 月 23 日

几件小事

以纲兄（张维）日前来舍下，告诉我，留德同学准备出一本回忆留学德国时的情景的书。这让我立即又回忆起六七十年以前的留德往事，一股温馨的热流注满胸中，认为这是一件十分有意义的事，没有丝毫迟疑，就应允奉陪。若干年前，我曾出版过一本《留德十年》，颇受到读者的欢迎。在留德同学中，这样的书还是不多见的。不管我的笔墨是如何拙劣，我的情感却是不折不扣的真实的。我以有这样一本书而感到安慰。全书十多万字，自谓已颇详尽。但今天再看，挂万漏一的现象，还是有的。我对德国师友怀念感激之情，对德国人民钦佩之心，并没能完全写尽。现在有了这样一个弥补的良机，我乐不可遏，立即拿起笔来，写出几件小事。

一个盛刮胡子刀架的塑料盒

我于1935年夏天到了德国的柏林，临时在大街上一个小杂货铺里买了一个盛刮胡子刀架的小盒，颜色是深紫的，非木非金属，大概也是一种什么塑料制成的，并不起眼儿，决非名牌，我临时急需，顺便买来而已。

可是我万万没有想到，就是这样一个我并不特别重视的小盒，竟陪伴了我六十多年，到现在我仍然天天用它，它仍然是完好无缺，没有变形，没有损坏。我日常使用的钢笔、小刀之类的东西，日常服用的衣、裤、鞋、袜等等，早已不知道换了多少代了，独独这一个小盒子却赫然在目，仍然像六十多年以前那样，天天为我服务。

这个小盒子是见过大世面的。它在德国陪了我整整十年，在瑞士陪了我半年，又陪我经过法国和越南回到祖国。我在亚洲到过许多国家，非洲我走过大半个，短期的出国，以及在国内的旅行，更无法统计次数。衣服屡屡更换，用品常常翻新，以不变应万变者，惟此一个小盒。

对于这样一个事实，我最初并没有感觉到。1965年，我在农村中搞"四清"。有一天，小盒忽然不见了，我急得满头大汗，怀疑是房东小孩由于好奇拿去玩了。后来忽然又神奇地找到了它，心中大喜。从此我才意识到它对于我的重要性。到现在又已过去了三十多年，而小盒仍然在我的洗脸盆中。一看到它，心里就有说不出的温暖。我这位终生陪伴我的老友，忽然变得大了起来，大到充天地塞宇宙。它是我这个望九老人一生坎坎坷坷的见证人。

写到这里，我自己也觉有点好笑起来。我这不是博士买驴，满纸三张，不见"驴"字了吗？其实，我的"驴"字是非常清楚的。试问世界上有哪一个国家能够制造出一件微不足道的器物而能六七十年不变形不磨损的？我敢说：没有！没有！在这一件小事儿的背后隐藏着的是德国民族的伟大与真诚。在当今全世界大声吆喝争创名牌的喧嚣声中，一个沉默不语的德国制的小盒子，给了我们最高的启示。

零 修

零修业务是在中国常见的一个行当，一说大家就明白。居家过日子，马桶跑水了，水龙头滴水了，门窗什么地方破坏了，电灯出了毛病了，如此等等，谁家都难以避免。所以，每一个学校，每一个机关，几乎都有主管零修的机构，或组或科，名称不一，作用则是相同的，而且有的还是昼夜值班，可见它的重要，不可或缺。

然而，我在德国住了整整十年，时间不可谓短，我可从来没有见过"零修"这个词儿，也从来没有碰到零修这种事儿。我住在德国人家里，一切设备全是现成的。这一间房子本来是房东老夫妻俩的独生子住的。高中毕业后，儿子到外地一个工学院去念读，房间空下来了，于是就出租。儿子使用的设备，一应俱全，一件没动，我就住在里面。一切杂务全由女房东一个人操作，包括铺床叠被、洗衣服、擦皮鞋等等，每天还给我做一顿晚餐。

哥廷根是一座大学城，人口只有十万，而学生往往就占二三万。学校没有宿舍，除了一些名目繁多的学生会自己有房子外，学生都住在老百姓家里。并不是由于房东缺钱花。德国人俭朴务实，只要房子一空，他们就出租给学生，连收入十分优厚的教授之家也不例外。教授夫人有很高的社会地位，她们家里如果把房间出租给学生，她也照样给学生打扫房间，擦皮鞋，给楼道的地板打蜡。我没有听到有哪一家教授请保姆的。

我想要说的重点不是这一些，以上一些话只不过是想说明租房的背景。我想说的是：在十年之内，我从来没有看到房东家里玻璃破过，没有看到水龙头滴水，也没有看到马桶出过什么毛病,煤气灶漏过气,等等。总之一句话,没有见到房东叫过零修工,社会上也没有这一行。

这样细小的事情,"当时只道是寻常",我从来没有考虑过,现在回想起来,又不禁大吃一惊。同上面说的那一个装刮胡子刀架的小盒子一样,这一件小事不是也十分值得我们反思吗?

1999 年 3 月 12 日

谈孝

孝,这个概念和行为,在世界上许多国家中都是有的,而在中国独为突出。中国社会,几千年以来就是一个宗法伦理色彩非常浓的社会,为世界上任何国家所不及。

中国人民一向视孝为最高美德。嘴里常说的、书上常讲的三纲五常,又是什么三纲六纪,哪里也不缺少父子这一纲。具体应该说"父慈子孝"是一个对等的关系。后来不知道是怎么一来,只强调"子孝",而淡化了"父慈",甚至变成了"天下无不是的父母"。古书上说:"身体发肤,受之父母。"一个人的身体是父母给的,父母如果愿意收回去,也是可以允许的了。

历代有不少皇帝昭告人民:"以孝治天下。"自己还装模作样，尽量露出一副孝子的形象。尽管中国历史上也并不缺少为了争夺王位导致儿子弑父的记载，野史中这类记载就更多。但那是天子的事，老百姓则是绝对不能允许的。如果发生儿女杀父母的事，皇帝必赫然震怒，处儿女以极刑中的极刑：万剐凌迟。在中国流传时间极长而又极广的所谓"教孝"中，就有一些提倡愚孝的故事，比如王祥卧冰、割股疗疾等等都是迷信色彩极浓的故事，产生了不良的影响。

但是中华民族毕竟是一个极富于理性的民族，就在已经被视为经典的《孝经·谏诤章》中，我们可以读到下列的话：

昔者，天子有诤臣七人，虽无道，不失其天下；诸侯有诤臣五人，虽无道，不失其国；大夫有诤臣三人，虽无道，不失其家；士有诤友，则身不离于令名；父有诤子，则身不陷于不义。故当不义，则子不可以不诤于父，臣不可以不诤于君；故当不义，则诤之，从父之令，又焉得为孝乎？

这话说得多么好呀，多么合情合理呀！这与"天下无不是的父母"这一句话形成了鲜明的对立。后者只能归入愚孝一类，是不足取的。

到了今天，我们应该怎样对待孝呢？我们还要不要提倡孝道呢？据我个人的观察，在时代变革的大潮中，孝的概念确实已经淡化了。不赡养老父老母，甚至虐待他们的事情，时有所闻。我认为，这是不应该的，是影响社会安定团结的消极因素。我们当然不能再提倡愚孝；但是，小时候父母抚养子女，没有这种抚养，儿女是活不下来的。父母年老了，子女来赡养，就不说是报恩吧，也是合乎人情的。如果多数子女不这样做，我们的国家和社会能负担起这个任务来吗？这对我们迫切要求的安定团结是极为不利的。这一点简单的道理，希望当今为子女者三思。

1999 年 5 月 14 日

论朋友

人类是社会动物。一个人在社会中不可能没有朋友。任何人的一生都是一场搏斗。在这一场搏斗中，如果没有朋友，则形单影只，鲜有不失败者。如果有了朋友，则众志成城，鲜有不胜利者。

因此，在人类几千年的历史上，任何国家，任何社会，没有不重视交友之道的，而中国尤甚。在宗法伦理色彩极强的中国社会中，朋友被尊为五伦之一，曰"朋友有信"。我又记得什么书中说："朋友，以义合者也。""信"、"义"涵义大概有相通之处。后世多以"义"字来要求朋友关系，比如《三国演义》"桃园三结义"之类就是。

《说文》对"朋"字的解释是"凤飞，群鸟从以万数，故以为朋党字"。"凤"和"朋"大概只有轻唇音重唇音之别。对"友"的解释是"同志为友"。意思非常清楚。中国古代，肯定也有"朋友"二字连用的，比如《孟子》。《论语》"有朋自远方来，不亦说乎！"却只用一个"朋"字。不知从什么时候起，"朋友"才经常连用起来。

在中国几千年的历史上，重视友谊的故事不可胜数。最著名的是管鲍之交、钟子期和伯牙的故事等等。刘、关、张三结义更是有口皆碑。一直到今天，我们还讲究"哥儿们义气"，发展到最高程度，就是"为朋友两肋插刀"。只要不是结党营私，我们是非常重视交朋友的。我们认为，中国古代把朋友归入五伦是有道理的。

我们现在看一看欧洲人对友谊的看法。欧洲典籍数量虽然远远比不上中国，但是，称之为汗牛充栋也是当之无愧的。我没有能力来旁征博引，只能根据我比较熟悉的一部书来引证一些材料，这就是法国著名的《蒙田随笔》。

《蒙田随笔》上卷，第28章，是一篇叫做《论友谊》的随笔。其中有几句话：

我们喜欢交友胜过其他一切，这可能是我们本性所使然。亚里士多德说，好的立法者对友谊比对公正更关心。

寥寥几句，充分说明西方对友谊之重视。蒙田接着说：

自古就有四种友谊：血缘的、社交的、待客的和男女情爱的。

这使我立即想到，中西对友谊涵义的理解是不相同的。根据中国的标准，"血缘的"不属于友谊，而属于亲情。"男女情爱的"也不属于友谊，而属于爱情。对此，蒙田有长篇累牍的解释，我无法一一征引。我只举他对爱情的几句话：

爱情一旦进入友谊阶段，也就是说，进入意愿相投的阶段，它就会衰落和消逝。爱情是以身体的快感为目的，一旦享有了，就不复存在。相反，友谊越被人向往，就越被人享有，友谊只是在获得以后才会升华、增长和发展，因为它是精神上的，心灵会随之净化。

这一段话，很值得我们仔细推敲、品味。

1999 年 10 月 26

成功

什么叫成功？顺手拿来一本《现代汉语词典》，上面写道："成功：获得预期的结果。"言简意赅，明白之至。

但是，谈到"预期"，则错综复杂，纷纭混乱。人人每时每刻每日每月都有大小不同的预期，有的成功，有的失败，总之是无法界定，也无法分类，我们不去谈它。

我在这里只谈成功，特别是成功之道。这又是一个极大的题目，我却只是小做。积七八十年之经验，我得到了下面这个公式：

天资 + 勤奋 + 机遇 = 成功

"天资"，我本来想用"天才"，但天才是个稀见现象，其中不少是"偏才"，所以我弃而不用，改用"天资"，大家一看就明白。这个公式实在是过分简单化了，但其中的含义是清楚的。搞得太烦琐，反而不容易说清楚。

谈到天资，首先必须承认，人与人之间天资是不相同的，这是一个事实，谁也否定不掉。到了今天，学术界和文艺界自命天才的人颇不稀见，我除了羡慕这些人"自我感觉过分良好"外，不敢赞一辞。对于自己的天资，我看，还是客观一点好，实事求是一点好。

至于勤奋，一向为古人所赞扬。囊萤、映雪、悬梁、刺股等故事流传了千百年，家喻户晓。韩文公的"焚膏油以继晷，恒兀兀以穷年"，更为读书人所向往。如果不勤奋，则天资再高也毫无用处。事理至明，无待饶舌。

谈到机遇，往往为人所忽视。它其实是存在的，而且有时候影响极大。就以我自己为例，如果清华不派我到德国去留学，则我的一生完全不会像现在这个样子。

把成功的三个条件拿来分析一下，天资是由"天"来决定的，我们无能为力。机遇是不期而来的，我们也无能为力。只有勤奋一项完全是我们自己决定的，我们必须在这一项上狠下功夫。在这里，古人的教导也多得很。还是先举韩文公。他说："业精于勤荒于嬉，行成于思毁于随。"这两句话是大家都熟悉的。

王静安在《人间词话》中说："古今之成大事业大学问者必经过三种之境界。'昨夜西风凋碧树，独上高楼，望尽天涯路。'此第一境也。'衣带渐宽终不悔，为伊消得人憔悴。'此第二境也。'众里寻他千百度，蓦然回首，那人却在，灯火阑珊处。'此第三境也。"静安先生第一境写的是预期，第二境写的是勤奋，第三境写的是成功。其中没有写天资和机遇。我不敢说，这是他的疏漏，因为写的角度不同。但是，我认为，补上天资与机遇，似更为全面。我希望，大家都能拿出"衣带渐宽终不悔"的精神来做学问或干事业，这是成功的必由之路。

2000 年 1 月 7 日

谈礼貌

眼下，即使不是百分之百的人，也是绝大多数的人，都抱怨现在社会上不讲礼貌的情况。这完全有事实做根据的。许多年前，当时我腿脚尚称灵便，出门乘公共汽车的时候多，几乎每一次我都看到在车上吵架的人，甚至动武的人，起因都是微不足道的：你碰了我一下，我踩了你的脚，如此等等。试想，在拥拥挤挤的公共汽车上，谁能不碰谁呢？这样的事情也值得大动干戈吗？

曾经有一段时间，有关的机关号召大家学习几句话："谢谢！""对不起！"等等，就是针对上述的情况而发的。其用心良苦，然而我心里却觉得不是滋味。一个有五千年文明的堂堂大国竟要学习幼儿园孩子们学说的话，岂不大可哀哉！

　　有人把不讲礼貌的行为归咎于新人类或新新人类。我并无资格成为新人类的同党，我已经是属于博物馆的人物了。但是，我却要为他们打抱不平。在他们诞生以前，有人早著了先鞭。不过，话又要说回来。新人类或新新人类确实在不讲礼貌方面有所创造，有所前进，他们发扬光大这种并不美妙的传统，他们（往往是一双男女）在光天化日之下，车水马龙之中，拥抱接吻，旁若无人，扬扬自得，连在这方面比较不拘细节的老外看了都目瞪口呆，惊诧不已。古人说："闺房之内，有甚于画眉者。"这是两口子的私事，谁也管不着。但这是在闺房之内的事，现在竟几乎要搬到大街上来，虽然还没有到"甚于画眉"的水平，可是已经很可观了。新人类还要新到什么程度呢？

　　如果一个人孤身住在深山老林中，你愿意怎样都行。可我们是处在社会中，这就要讲究点人际关系。人必自爱而后人爱之。没有礼貌是目中无人的一种表现，是自私自利的一种表现，如果这样的人多了，必然产生与社会不协调的后果。千万不要认为这是个人小事而掉以轻心。

　　现在国际交往日益频繁，不讲礼貌的恶习所产生的恶劣影响，已经不局限于国内，而是会流布全世界。前几年，我看到过一个什么电视片,是由一个意大利著名摄影家拍摄的,主题是介绍北京情况的。北京的名胜古迹当然都包罗无遗,但是,我的眼前忽然一亮:一个光着膀子的胖大汉骑自行车双手撒把,作打太极拳状,飞驰在天安门前宽广的大马路上,给人的形象是野蛮无礼。这样的形象并不多见,然而却没有逃过一个老外的眼光。我相信,这个电视片是会在全世界都放映的。它在外国人心目中会产生什么影响,不是一清二楚了吗?

最后,我想当一个文抄公,抄一段香港《大公报》上的话:"富者有礼高贵,贫者有礼免辱,父子有礼慈孝,兄弟有礼和睦,夫妻有礼情长,朋友有礼义笃,社会有礼祥和。"

2001 年 1 月 29 日

论恐惧

法国大散文家和思想家蒙田写过一篇散文《论恐惧》。他一开始就说:"我并不像有人认为的那样是研究人类本性的学者,对于人为什么恐惧所知甚微。"我当然更不是一个研究人类本性的学者,虽然在高中时候上过心理学这样一门课,但其中是否讲到过恐惧,早已忘到爪哇国去了。

可我为什么现在又写《论恐惧》这样一篇文章呢?

理由并不太多,也谈不上堂皇。只不过是因为我常常思考这个问题,而今又受到了蒙田的启发而已。好像是蒙田给我出了这样一个题目。

根据我读书思考的结果,也根据我自己的经验,恐惧这一种心理活动和行动是异常复杂的,决不是三言两语所能说得清楚的。人们可以从很多角度上来探讨恐惧问题。我现在谈一下我自己从一个特定角度上来研究恐惧现象的想法,当然也只能极其概括,极其笼统地谈。

我认为,应当恐惧而恐惧者是正常的,应当恐惧而不恐惧者是英雄,我们平常所说的从容镇定,处变不惊,就是指的这个。不应当恐惧而恐惧者是孱头。不应当恐惧而不恐惧者也是正常的。

两个正常的现象用不着讲,我现在专讲二三两个不正常的现象。要举事例,那就不胜枚举。我索性专门从《晋书》里面举出两个事例,两个都与苻坚有关。《谢安传》中有一段话:"玄等既破坚,有驿书至,安方对客围棋,看书既,竟便摄放床上,了无喜色,棋如故。客问之,徐答曰:'小儿辈遂已破贼。'"苻坚大兵压境,作为大臣的谢安理当恐惧不安,然而却竟这样从容镇定,至今被传颂不已。所以,我称之为英雄。

《晋书·苻坚传》有下面这几段话:"谢石等以既败梁成,水陆继进。坚与苻融登城而望王师,见部阵齐整,将士精锐,又北望山上草木皆类人形,顾谓融曰:'此亦劲敌也,何谓少乎!'怃然有惧色。"下面又说:"坚大惭,顾谓其夫人张氏曰:'朕若用朝臣之言,岂见今日之事耶!当何面目复临天下乎！'潸然流涕而去，闻风声鹤唳，皆谓晋师之至。"这活生生地画出了一个孱头。敌兵压境，应当振作起来，鼓励士兵，同仇敌忾，可是苻坚自己却先泄了气。这样的人不称为孱头，又称之为什么呢？结果留下了两句著名的话：风声鹤唳，草木皆兵，至今还活在人民的口中，也可以说是流什么千古了。

如果想从《论恐惧》这一篇短文里吸取什么教训的话，那就是明明白白地摆在眼前的。我们都要锻炼自己，对什么事情都不要惊慌失措，而要处变不惊。

2001年3月13日

我的美人观

说清楚一点，就是：我怎样看待美人。

纵观动物世界，我们会发现，在雌雄之间，往往是雄的漂亮、高雅、动人心魄、惹人瞩目。拿狮子来说，雄狮多么威武雄壮，英气磅礴。如果张口一吼，则震天动地，无怪有人称之为兽中之王。再拿孔雀来看，雄的倘一开屏，则遍体金碧耀目，非言语所能形容。仪态万方，令人久久不能忘怀。

但是，一讲到人美，情况竟完全颠倒过来。我们不知道，造物主囊中卖的是什么药。她（他/它）先创造人中雌（女人）。此时她大概心情清爽，兴致昂扬，精雕细琢，刮垢磨光。结果是创造出来的女子美妙、漂亮、悦目、闪光。她看到了自己的作品，左看右看，十分满意，不禁笑上脸庞。

但是，她立刻就想到，只造女人是不行的。这样怎么能传宗接代呢？必须再创造人中雌的对应物人中雄。这样创造活动才算完成。

这样想过，她立即着手创造人中雄。此时，她的心情比较粗疏，因此手法难以细腻。结果是，造出来的人中雄，一反禽兽的标格，显得有点粗陋，连她自己都不怎么满意。但是，既然造出来了，就只能听之任之，不必再返工了。

到了此时，造物主老年忽发少年狂，决心在本来已经很秀丽、美妙、赏心悦目的人中雌中再创造几个出类拔萃、傲视群雌的超级美人。于是人类中就出现了西施、明妃、赵飞燕、貂蝉、二乔、杨贵妃、柳如是、董小宛、陈圆圆等等出类拔萃的超级美人。这样一来，在中国老百姓的中国史观中，就凭空增添了几分靓丽，几分滋润，几分光彩，几分清芬。

打油一首：

中华自古重美人，
西施貂蝉论纷纭。
美人只今仍然在，
各为神州添馨淳。

但是，我还是有问题的。世界文明古国，特别是亚洲文明古国，不止中国一个。为什么只有中国传留下来这么多超级美人，而别的国家则毫无所闻呢？我个人认为，这决不是一个无足轻重的问题。如果研究比较文化史，这个问题绝对躲不过去的。目前，我对于这个问题考虑得还不够深透。我只能说，中国老百姓的中国史观，是丰富多彩的，有滋有味的，不是一堆干巴巴的相斫书。

我现在越来越不安分了，越来胆子越大了。我想在太岁头上动一下土，探讨一下"美人"这个美字的含义。我没有研究过美学，只记得在很多年以前，中国美学论坛上忽然爆发了一场论战。我以一个外行人的身份，从窗外向论坛上瞥了一眼，只见专家们意气风发，舌剑唇枪争得极为激烈。有的学者主张美是主观的，有的学者主张美是客观的，有的学者主张美是主客观相结合的。像美这样扑朔迷离、玄之又玄的现象或者问题，一向难以得到大家一致同意的结论或者解释的。专家们讨论完了，一哄而散，问题仍然摆在那里，原封未动。

我想从一个我认为是新的观点中解决问题。我认为，美人之所以被称为美人，必然有其异于非美人者。但是，她们也只具有五官四肢，造物主并没有给她们多添上一官一肢，也没有挪动官肢的位置,只在原有的排列上卖弄了一点手法,使这个排列显得更匀称,更和谐,更能赏心悦目。

美人身上有多处美的亮点,我现在不可能一一研究。我只选其中一个最引人注意的来谈一谈,这就是细腰的问题。这是一个极老的问题,但是,无论多么古老,也古老不到蒙昧的远古。那时候,人类首要的问题是采集野果,填饱肚子。男女都整天奔波,男女的腰都是粗而又粗的。哪里有什么余裕来要妇女细腰呢?大概到了先秦时期,情况有了改变。《诗经》第一篇中的"苗条(窈窕)淑女,君子好逑","苗条"二字,无论怎样解释也离不开妇女的腰肢。先秦典籍中还有"楚王好细腰,宫中多饿死"的记载。可见此风在高贵不劳动的妇女中已经形成。流风所及,延续未断,可以说到今天也并没有停住。

中国古典诗词中,颇有一些描绘美人的文章。其中讲到美人的各个方面,细腰当然不会遗漏。我现在从宋词中选取几个例子,以见一斑。

1. 柳永《乐章集·木兰花》

酥娘一搦腰肢袅,回雪萦尘皆尽妙。几多狎客看无厌,一辈舞童功不到。 星眸顾拍精神峭,罗袖迎风身段小。而今长大懒婆娑，只要千金酬一笑。

2. 柳永《乐章集·浪淘沙令》

有个人人，飞燕精神，急锵环佩上华茵。促拍尽随红袖举，风柳腰身。

3. 柳永《乐章集·合欢带》

身材儿、早是妖娆，算风措、实难描。一个肌肤浑似玉，更都来、占了千娇。妍歌艳舞，莺惭巧舌，柳妒纤腰。自相逢，便觉韩娥价减，飞燕声消。

4. 柳永《乐章集·少年游》

世间尤物意中人，轻细好腰身。

5. 秦观《淮海集·虞美人影》

妒云恨雨腰肢袅，眉黛不堪重扫。薄幸不来春老，羞带宜男草。

6. 秦观《淮海集·昭君怨》

隔叶乳鸦声软。啼断日斜阴转。杨柳小腰肢，画楼西。

7．贺方回《万年欢》

吴都佳丽苗而秀，燕样腰身，按舞华茵。

8．秦观《淮海集·满江红》

越艳风流，占天上、人间第一。须信道，绝尘标致，倾城颜色。翠绾垂螺双髻小。柳柔花媚娇无力。笑从来，到处只闻名，今相识。

9．辛弃疾《临江仙》

小靥人怜都恶瘦，曲眉天与长颦。沉思欢事惜腰身。枕添离别泪，粉落却深匀。

宋词里面讲到细腰的地方，大体就是这样。遗漏几个地方，无关大局，不影响我的推论。

中国其他古典诗词中，也有关于细腰的叙述。因为同我要谈的主要问题无关，我就不谈了。

我现在的首要任务是解释一下，为什么细腰这个现象会同美联系起来。简捷了当地说一句话，我是想使用德国心理学家Lipps的"感情移入"的学说来解决这个问题。比如说，你看一个细腰的美女走在你的眼前，步调轻盈、柔软，好像是曹子建眼中的洛神。你一时失神，产生了感情移入的效应，仿佛与细腰女郎化为一体，得大喜悦，飘飘欲仙了。真诚的喜悦，同美感是互相沟通的。

02 读书方有新境界

读朱自清《背影》

这几乎是一篇家喻户晓的名篇,自来论之者众矣。但是,我总觉得,还有许多话要说,所以写了这一篇短文。

从艺术性来看,这篇文章朴素无华,语言淳朴自然,毫无矫揉造作之处。这是朱自清先生一贯的文风,实际上用不着再多费笔墨,众多的评论家在这一点上,意见几乎是完全一致的。

至于思想性,则可说的话就非常非常多了。我个人认为,有一些十分重要的话,过去并没有人说过,不能不影响对这一名篇的欣赏。

要想真正理解这一篇文章的含义,不能不从中华民族的文化、中华民族的历史谈起。什么是中华文化的精义呢?几乎言人人殊，论点多如牛毛。但我认为，都没有说到点子上。先师陈寅恪先生在《王观堂先生挽词》的《序》中说："吾中国文化之定义，见于《白虎通》三纲六纪之说，其意义为抽象理想最高之境，犹希腊柏拉图所谓 Idea 者。"《白虎通》的"三纲"，指的是君臣、父子、夫妇。"六纪"指的是诸父、兄弟、族人、诸舅、师长、朋友。这些话今天看来未免有点迂腐，也不能说其中没有糟粕，比如"夫为妇纲"之类。至于君臣，今天根本没有了，但是国家与人民却差堪比拟。总之，我们应取其精髓，不能拘泥于字面。

无独有偶，我偶然读到香港著名学者饶宗颐教授的一篇访问记。饶先生说："中国文化所以能延绵数千年，仍有如此凝聚力量，实乃受两个因素所驱使，一是文字，二是纲纪，即礼也。依我多年所悟，中华文化的特点，是在儒家思想中的'礼'，是处理人际关系的学问，这个关系就建立在道德的基础上，要明是非，方能取得'和'，所以《论语》说：'礼之用，和为贵。'"

饶先生的意见同陈先生几乎是完全一致的。这两位哲人实在可以说是"英雄所见略同"。今天，人们在国内讲"安定团结"，在国际上我们主张和平，讲"和为贵"。人际关系和国际关系，都需要一定道德伦理的制约，纲纪就是制约的手段。没有这个手段，则国将大乱，国际也不会安宁。打一个简单明了的比方，纲纪犹如大街上的红绿灯。试思：如果大街上没有了红绿灯，情况将会何等混乱，不是一想就明白吗？

我仿佛听到有人提抗议了：你扯这么远，讲这样一些大道理，究竟想干什么呢？

我并没有走题，而且是紧紧地扣住了题，《背影》表现的就正是三纲之一的父子这一纲的真精神。中国一向主张父慈子孝。在社会上，孝是一种美德。在历史上，不知道有多少皇帝标榜"以孝治天下"。然而，在西方呢？拿英文来说，根本就没有一个与汉文"孝"字相当的单词，要想翻译中国的"孝"字，必须绕一个弯子，译作 Filial riety，直译就是"子女的虔诚"。你看啰唆不啰唆！

这一字之差，有人或许说这是一件小事。然而，据我看，这却是一件大事，明确地说明了东西方社会伦理道德之不同。我只说我们的好，不说别人的坏。西方当然也有制约社会活动求得安定的办法，否则社会将不成为社会了。我们中国办法就是利用几千年传下来的文化，特别是其中的精义纲纪的学说来调整人际关系，人际关系得到调整，则社会安定也就有了保障。再济之以法，那么天下就可以太平了。

我觉得，读朱自清先生的《背影》，就应该把眼光放远，远到齐家、治国、平天下，然后才能真正体会到这篇名文所蕴含的真精神。若只拘泥于欣赏真挚感人的父子之情，则眼光就未免太短浅了。

1995 年 2 月 21 日

真理愈辨愈明吗

学者们常说:"真理愈辨愈明。"我也曾长期虔诚地相信这一句话。

但是,最近我忽然大彻大悟,觉得事情正好相反,真理是愈辨愈糊涂。

我在大学时曾专修过一门课"西洋哲学史",后来又读过几本《中国哲学史》和《印度哲学史》。我逐渐发现,世界上没有哪两个或多个哲学家,学说完全是一模一样的。有如大自然中的树叶,没有哪几个是绝对一样的。有多少树叶就有多少样子。在人世间,有多少哲学就有多少学说。每个哲学家都认为自己掌握了真理,有多少哲学家就有多少真理。

专以中国哲学而论,几千年来,哲学家们不知创造了多少理论和术语。表面上看起来，所用的中国字都是一样的；然而哲学家们赋予这些字的含义却不相同。比如韩愈的《原道》是脍炙人口、家喻户晓的。文章开头就说："博爱之谓仁，行而宜之之谓义，由是而之焉之谓道，足乎己无待于外之谓德。"韩愈大概认为，仁、义、道、德就代表了中国的"道"。他的解释简单明了，一看就懂。然而，倘一翻《中国哲学史》，则必能发现，诸家对这四个字的解释多如牛毛，各自自是而非他。

哲学家们辨（分辨）过没有呢？他们辩（辩论）过没有呢？他们既"辨"又"辩"，可是结果怎样呢？结果是让读者如堕入五里雾中。眼花缭乱，无所适从。我顺手举两个中国过去辨和辩的例子。一个是《庄子·秋水》："庄子与惠子游于濠梁之上。庄子曰：'鲦鱼出游从容，是鱼之乐也。'惠子曰：'子非鱼，安知鱼之乐？'庄子曰：'子非我，安知我不知鱼之乐？'"我觉得，惠施还可以答复："子非我，安知我不知子不知鱼之乐？"这样辩论下去，一万年也得不到结果。

还有一个辩论的例子是取自《儒林外史》："丈人道：'……你赊了猪头肉的钱不还，也来问我要，终日吵闹这事，哪里来的晦气！'陈和甫的儿子道：'老爹，假如这猪头肉是你老人家自己吃了，你也要还钱？'丈人道：'胡说！我若吃了，我自然还。这都是你吃的！'陈和甫儿子道：'设或我这钱已经还过老爹，老爹用了，而今也要还人？'丈人道：'放屁！你是该人的钱，怎是我用你的？'陈和甫儿子道：'万一猪不生这个头，难道它也来问我要钱？'"

以上两个辩论的例子，恐怕大家都是知道的。庄子和惠施都是诡辩家，《儒林外史》是讽刺小说。要说这两个对哲学辩论有普遍的代表性，那是言过其实。但是，倘若你细读中外哲学家"辨"和"辩"的文章，其背后确实潜藏着与上面两个例子类似的东西。这样的"辨"和"辩"能使真理愈辨愈明吗？戛戛乎难矣哉！

哲学家同诗人一样，都是在作诗。作不作由他们，信不信由你们。这就是我的结论。

1997 年 10 月 2 日

漫谈北大派和清华派

这里讲的"派"不是从政治上来讲的,而是从学术上,从学风上。

我是清华的毕业生,又在北大工作了半个多世纪,我自信对这两所最高学府是能够有所了解的。因此,让我来谈一谈两校学风的异同问题,我还是有点资本的。

我脑筋里从来就没有考虑过两校的学风问题。原因是自从1952年进行院系调整以来,清华已经成为一所工科大学,北大仍然保留综合大学的地位。以工科而谈学风,盖已难矣。可是,我前不久偶然在一个什么杂志或报纸上读到了一位学者的文章,他是最近几年来清华恢复文科院系以后到清华去任教的,他是人文社会科学专家,是有资格谈学风的。我因为病目，不良于视，只是大体上翻了翻这一篇文章，记得内容只是谈清华学派的，其中列举了一大串学者的名字，好像都是老清华的。作者的用意大概是，这些学者组成了"清华学派"。这些人名我基本上都是熟悉的。看了这一张人名榜，我第一个想法就是：作者对于这一些人似乎有点隔膜。其中有一些是六十多年前我在清华读书时的教授，我对他们是了解的。在当时学生心目中，他们不过是半教授半政客的"双栖学者"。我们根本不知道他们有什么有独到见解的为内行人所承认的学术著作。因此，我有种直觉，即使真有一个"清华学派"的话，里面也很难有他们的座位。

那一篇文章我并没有看完，便置诸脑后，以后再也没有想这个问题。

但是，后来听说，北大的一些年轻教员对于这个问题颇感兴趣。他们先准备召开一次座谈会，后来又改为用笔谈的形式来各抒己见。守常约我参加，我答应他也来凑个热闹。

北大和清华有没有差别呢？当然有的。据我个人的印象，在过去相当长的时间内，在国内和国际上的地位方面，在对中国教育、学术和文化的贡献方面，两校可以说是力量匹敌，无从轩轾。这是同一性。但是，在双方的风范——我一时想不出更确切的词儿，姑且用之——方面，却并不相同。如果允许我使用我在拙文《门外中外文论絮语》中提出来的文艺批评的话语的话,我想说,北大的风范可用人们对杜甫诗的评论"沉郁顿挫"来概括,而对清华则可用杜甫对李白诗的评价"清新俊逸"来概括。这是我个人的印象,但是我自认是准确的。至于为什么说是准确,则决非三言两语能够解释清楚的,这个问题就留给大家去揣摩吧。

这是就一般的风范来说的。至于学风,则愧我愚陋,我实在看不出有什么差别。首先有一个问题我就解决不了,根据什么来划分北大学派和清华学派?根据人嘛,是从北大或清华毕业的人才算是北大学派或清华学派呢?抑或是在北大或清华任教的人才算是北大学派或清华学派呢?有的人是从北大毕业然而却在清华教书,或者适得其反,他算是什么学派呢?这样的人,我无法去统计,然而其数目却是相当大的。

根据学术著作的内容嘛,这也不行。著作内容,比如说中国哲学史,每一个学者,只要个人愿意,都能研究,决不会有什么北大学派或清华学派。根据学术风格嘛,几乎每一个学者都有自己的风格,不但北大、清华如此,南开、复旦等校又何独不然!

北大和清华,由于历史渊源关系,教授互相兼课的很多,两校教授成为朋友的更多,关系错综复杂,难以寻出一条线索把他们分为两派。只要是北大的教授，就属于北大学派。只要是清华的教授，就属于清华学派。这是一种过分简单化的做法，什么问题也不解决。

总之，我认为，从学术上来讲，根本没有什么北大学派和清华学派。

1998 年 1 月 20 日

从魏德运先生的一张摄影谈起

一刹那间,小波斯猫毛毛蹿到了我的肩上和头上。一刹那间,摄影家魏德运先生万分警觉地捕捉住了这个战机。一刹那间,只听到照相机喀嚓一声,这个刹那便成了永恒。

这是摄影家魏德运先生无意中拍摄的一幅杰作。只在我的书房里摆了几天,凡是看到的人无不同声赞叹,高度颂扬。百花文艺出版社的两位同志说,这样的照片全国任何报章杂志都会争着刊登。一位甘肃省来的同志则说,把这样的摄影杰作拿到世界大赛上去也会夺得金牌。

我自己对照相完全是个门外汉,生平自己没有动手照过一张相。现在面对这一张照片,十分困惑。照片上小猫和我活灵活现,决无可疑。然而我却想问:这就是我吗?小猫的突然袭击，按理说，应该让我大吃一惊，或者大火一番；然而，在照片上，我却安详慈祥，一副含笑不露而看上去却是笑眯眯的面部表情，显然这一次突然袭击带给了我莫大的欢愉。你说是难解吗？也可能是的。但是，经过我自己的反思，这却实在非常容易解释。对于中国几千年来传统的"天人合一"的思想（按照我的新解），我深信不疑。这种思想最准确生动的表达方式，就是宋代大哲学家张载的两句话："民，吾同胞；物，吾与也。""与"字在这里是"伙伴"的意思。我不但相信，而且"笃行之"——至少在潜意识里是这样。平常人们说笃行，尽管口若悬河，其实往往是靠不住。必须猝然临之，方能露出真面目。

在中国和西方国家，都有不少爱宠物的人。他们宠爱某一种动物，各有各的目的，各有各的动机，同我不会是一样的。

魏德运先生还给我拍了一些其他的照片。在中国，手工技术、美术等等行当，一向有"匠"与"家"之分。一个画家同一个画匠，决不是一码事。匠，不管他技术多么高，只能做到"形似"；而家，则能做到"神似"。这个"神"在这里是关键。怎样才能抓住对象的神呢？只靠技术是办不到的。他必须具有深刻的观察力，具有高超的悟性，能犀照对象灵魂深处，然后才能准确无误地抓住对象的神。匠与家的分界线，也就在这一点上。

魏德运先生是一个真正的摄影家。

1998 年 1 月 21 日

漫谈散文

对于散文，我有偏爱，又有偏见。为什么有偏爱呢？我觉得在各种文学体裁中，散文最能得心应手，灵活圆通。而偏见又何来呢？我对散文的看法和写法不同于绝大多数的人而已。

我没有读过《文学概论》一类的书籍，我不知道，专家们怎样界定散文的内涵和外延。我个人觉得，"散文"这个词儿是颇为模糊的。最广义的散文，指与诗歌对立的一种不用韵又没有节奏的文体。再窄狭一点，就是指与骈文相对的，不用四六体的文体。更窄狭一点，就是指与随笔、小品文、杂文等名称混用的一种出现比较晚的文体。英文称这为 Essay, familiar essay, 法文叫 Essai, 德文是 Essay, 显然是一个字。但是这些洋字也消除不了我的困惑。查一查字典，译法有多种。法国蒙田的 Essai，中国译为"随笔"，英国的 Familiar essay，译为"散文"或"随笔"，或"小品文"。中国明末的公安派或竟陵派的散文，过去则多称之为"小品"。我堕入了五里雾中。

子曰："必也正名乎！"这个名，我正不了，我只好"王顾左右而言他"。中国是世界上散文第一大国，这决不是"王婆卖瓜"，是必须承认的事实。在西欧和亚洲国家中，情况也有分歧。英国散文名家辈出，灿若列星。德国则相形见绌，散文家寥若晨星。印度古代，说理的散文是有的，抒情的则如凤毛麟角。世上万事万物有果必有因，这种情况的原因何在呢？我一时还说不清楚，只能说，这与民族性颇有关联。再进一步，我就穷辞了。

这且不去管它，我只谈我们这个散文大国的情况，而且重点放在眼前的情况上。五四运动是中国近代史上的一件大事，在文学范围内，改文言为白话，也是中国文学史上的一件大事。七十多年以来，中国文学创作取得了长足的进步。但是，据我个人的看法，各种体裁间的发展是极不平衡的。小说，包括长篇、中篇和短篇，以及戏剧，在形式上完全西化了。这是福？是祸？我还没见到有专家讨论过。我个人的看法是，现在的长篇小说的形式，很难说较之中国古典长篇小说有什么优越之处。戏剧亦然，不必具论。至于新诗，我则认为是一个失败。至今人们对诗也没能找到一个形式。既然叫诗，则必有诗的形式，否则可另立专名，何必叫诗？在专家们眼中，我这种对诗的见解只能算是幼儿园的水平，太平淡低下了。然而我却认为，真理往往就存在于平淡低下中。你们那些恍兮惚兮高深玄妙的理论"只堪自怡悦"，对于我却是"只等秋风过耳边"了。

这些先不去讲它，只谈散文。简短截说，我认为五四运动以来中国文坛上最成功的是白话散文，个中原因并不难揣摩。中国有悠久雄厚的散文写作传统，所谓经、史、子、集四库中都有极为优秀的散文，为世界上任何国家所无法攀比。散文又没有固定的形式。于是作者如林，佳作如云，有如八仙过海，各显神通。旧日士子能背诵几十篇上百篇散文者，并非罕事，实如家常便饭。五四以后，只需将文言改为白话，或抒情，或叙事，稍有文采，便成佳作。窃以为，散文之所以能独步文坛，良有以也。

但是，白话散文的创作有没有问题呢？有的，或者甚至可以说，还不少。常读到一些散文家的论调，说什么："散文的诀窍就在一个'散'字。""散"字，松松散散之谓也。

又有人说:"随笔的关键就在一个'随'字。""随者,随随便便之谓也。"他们的意思非常清楚:写散文随笔,可以随便写来,愿意怎样写,就怎样写。愿意下笔就下笔,愿意收住就收住。不用构思,不用推敲。有些作者自己有时也感到单调与贫乏,想弄点新鲜花样;但由于腹笥贫瘠,读书不多,于是就生造词汇,生造句法,企图以标新立异来济自己的贫乏。结果往往是,虽然自我感觉良好,可是读者偏不买你的账,奈之何哉!读这样的散文,就好像吃掺上沙子的米饭,吐又吐不出,咽又咽不下,进退两难,啼笑皆非。你千万不要以为这样的文章没有市场。正相反,很多这样的文章堂而皇之地刊登在全国性的报刊上。我回天无力,只有徒唤奈何了。

要想追究产生这种现象的原因,也并不困难。世界上就有那么一些人,总想走捷径,总想少劳多获,甚至不劳而获。中国古代的散文,他们读得不多,甚至可能并不读;外国的优秀散文,同他们更是风马牛不相及。而自己又偏想出点风头,露一两手。于是就出现了上面提到的那样非驴非马的文章。

我在上面提到我对散文有偏见,又几次说到"优秀的散文",我的用意何在呢?偏见就在"优秀"二字上。原来我心目中的优秀散文,不是最广义的散文,也不是"再窄狭一点"的散文,而是"更窄狭一点"的那一种。即使在这个更窄狭的范围内,我还有更更窄狭的偏见。我认为,散文的精髓在于"真情"二字,这二字也可以分开来讲:真,就是真实,不能像小说那样生编硬造;情,就是要有抒情的成分。即使是叙事文,也必有点抒情的意味,平铺直叙者为我所不取。《史记》中许多列传,本来都是叙事的;但是,在字里行间,洋溢着一片悲愤之情,我称之为散文中的上品。贾谊的《过秦论》,苏东坡的《范增论》、《留侯论》等等,虽似无情可抒,然而却文采斐然,情即蕴涵其中,我也认为是散文上品。

这样的散文精品,我已经读了七十多年了,其中有很多篇我能够从头到尾地背诵。每一背诵,甚至仅背诵其中的片段,都能给我以绝大的美感享受。如饮佳茗,香留舌本;如对良友,意寄胸中。如果真有"三月不知肉味"的话,我即是也。从高中直到大学,我读了不少英国的散文佳品,文字不同,心态各异。但是,仔细玩味,中英又确有相通之处:写重大事件而不觉其重,状身边琐事而不觉其轻;娓娓动听,逸趣横生;读罢掩卷,韵味无穷。有很多很多值得我们学习借鉴之处。

至于六七十年来中国并世的散文作家,我也读了不少他们的作品。虽然笼统称之为"百花齐放",其实有成就者何止百家。他们各有自己的特色，各有自己的风格，合在一起看，直如一个姹紫嫣红的大花园，给五四以后的中国文坛增添了无量光彩。留给我印象最深刻最鲜明的有鲁迅的沉郁雄浑，冰心的灵秀玲珑，朱自清的淳朴淡泊，沈从文的轻灵美妙，杨朔的镂金错彩，丰子恺的厚重平实，如此等等，不一而足。至于其余诸家，各有千秋，我不敢赞一辞矣。

综观古今中外各名家的散文或随笔，既不见"散"，也不见"随"。它们多半是结构谨严之作，决不是愿意怎样写就怎样写的轻率产品。蒙田的《随笔》，确给人以率意而行的印象。我个人认为，在思想内容方面，蒙田是极其深刻的；但在艺术性方面，他却是不足法的。与其说蒙田是一个散文家，不如说他是一个哲学家或思想家。

根据我个人多年的玩味和体会，我发现，中国古代优秀的散文家，没有哪一个是"散"的，是"随"的。正相反，他们大都是在"意匠惨淡经营中"，简练揣摩，煞费苦心，在文章的结构和语言的选用上，狠下功夫。文章写成后，读起来虽然如行云流水，自然天成，实际上其背后蕴藏着作者的一片匠心。空口无凭，有文为证。欧阳修的《醉翁亭记》是流传千古的名篇，脍炙人口，无人不晓。通篇用"也"字句，其苦心经营之迹，昭然可见。像这样的名篇还可以举出一些来，我现在不再列举，请读者自己去举一反三吧。

在文章的结构方面，最重要的是开头和结尾。在这一点上，诗文皆然，细心的读者不难自己去体会。而且我相信，他们都已经有了足够的体会了。要举例子，那真是不胜枚举。我只举几个大家熟知的。欧阳修的《相州昼锦堂记》开头几句话是："仕宦而至将相，富贵而归故乡，此人情之所荣，而今昔之所同也。"据一本古代笔记上的记载，原稿并没有。欧阳修经过了长时间的推敲考虑，把原稿派人送走。但他突然心血来潮，觉得还不够妥善，立即又派人快马加鞭，把原稿追了回来，加上了这几句话，然后再送走，心里才得到了安宁。由此可见，欧阳修是多么重视文章的开头。从这一件小事中，后之读者可以悟出很多写文章之法。这就决非一件小事了。这几句话的诀窍何在呢？我个人觉得，这样的开头有雷霆万钧的势头，有笼罩全篇的力量，读者一开始读就感受到它的威力，有如高屋建瓴，再读下去，就一泻千里了。文章开头之重要，焉能小视哉！这只不过是一个例子，不能篇篇如此。综观古人文章的开头，还能找出很多不同的类型。有的提纲挈领，如韩愈《原道》之"博爱之谓仁，行而宜之之谓义，由是而之焉之谓道，足乎己无待于外之谓德"；有的平缓，如柳宗元的《小石城山记》之"自西山道口径北，逾黄茅岭而下,有二道";有的陡峭,如杜牧《阿房宫赋》之"六王毕,四海一,蜀山兀,阿房出"。类型还多得很,不可能,也没有必要一一列举。读者如能仔细观察,仔细玩味,必有所得,这是完全可以肯定的。

谈到结尾,姑以诗为例,因为在诗歌中,结尾的重要性更明晰可辨。杜甫的《望岳》最后两句是:"会当凌绝顶,一览众山小。"钱起的《赋得湘灵鼓瑟》的最终两句是:"曲终人不见,江上数峰青。"杜甫的《赠卫八处士》的最后两句是:"明日隔山岳,世事两茫茫。"杜甫的《缚鸡行》的最后两句是:"鸡虫得失无了时,注目寒江倚山阁。"这样的例子更是举不完的。诗文相通,散文的例子,读者可以自己去体会。之所以出现这种情况,原因并不难理解。在中国古代,抒情的文或诗,都贵在含蓄,贵在言有尽而意无穷,如食橄榄,贵在留有余味,在文章结尾处,把读者的心带向悠远,带向缥缈,带向一个无法言传的意境。我不敢说,每一篇文章,每一首诗,都是这样。但是,文章之作,其道多端;运用之妙,存乎一心。我上面讲的情况,是广大作者所刻意追求的,我对这一点是深信不疑的。

"你不是在宣扬八股吗?"我仿佛听到有人这样责难了。我敬谨答曰:"是的,亲爱的先生!我正是在讲八股,而且是有意这样做的。"同世上的万事万物一样，八股也要一分为二的。从内容上来看，它是"代圣人立言"，陈腐枯燥，在所难免。这是毫不足法的。但是，从布局结构上来看，却颇有可取之处。它讲究逻辑，要求均衡，避免重复，禁绝拖拉。这是它的优点。有人讲，清代桐城派的文章，曾经风靡一时，在结构布局方面，曾受到八股文的影响。这个意见极有见地。如果今天中国文坛上的某一些散文作家——其实并不限于散文作家——学一点八股文，会对他们有好处的。

我在上面啰啰唆唆写了那么一大篇，其用意其实是颇为简单的。我只不过是根据自己六十来年的经验与体会，告诫大家：写散文虽然不能说是"难于上青天"，但也决非轻而易行，应当经过一番磨炼，下过一番苦功，才能有所成，决不可掉以轻心，率尔操觚。

综观中国古代和现代的优秀散文，以及外国的优秀散文，篇篇风格不同。散文读者的爱好也会人人不同，我决不敢要求人人都一样，那是根本不可能的。仅就我个人而论，我理想的散文是淳朴而不乏味，流利而不油滑，庄重而不板滞，典雅而不雕琢。我还认为，散文最忌平板。现在有一些作家的文章，写得规规矩矩，没有任何语法错误，选入中小学语文课本中是毫无问题的。但是读起来总觉得平淡无味，是好的教材资料,却决非好的文学作品。我个人觉得,文学最忌单调平板,必须有波涛起伏,曲折幽隐,才能有味。有时可以采用点文言辞藻,外国句法;也可以适当地加入一些俚语俗话,增添那么一点苦涩之味,以避免平淡无味。我甚至于想用谱乐谱的手法来写散文,围绕着一个主旋律,添上一些次要的旋律;主旋律可以多次出现,形式稍加改变,目的只想在复杂中见统一,在跌宕中见均衡,从而调动起读者的趣味,得到更深更高的美感享受。有这样有节奏有韵律的文字,再充之以真情实感,必能感人至深,这是我坚定的信念。

我知道,我这种意见决不是每个作家都同意的。风格如人,各人有各人的风格,决不能强求统一。因此,我才说:这是我的偏见。说"偏见",是代他人立言。代他人立言,比代圣人立言还要困难。我自己则认为这是正见,否则我决不会这样剌剌不休地来论证。我相信,大千世界,文章林林总总,争鸣何止百家!如蒙海涵,容我这个偏见也占一席之地,则我必将感激涕零之至矣。

1998 年 5 月 25 日

获奖有感

完全出我意料,我的《赋得永久的悔》竟然获得了中国最高文学奖——鲁迅文学奖的荣誉奖。我自己认为是不够格的。

虽然我从青年时代起就舞笔弄墨,写了一些所谓文章,但是我从来不敢以文学家自命。说一句夸大一点的话,我自己认为是一个科学研究工作者。我的主要精力和兴趣都集中在对印度古代语言、中亚古代语言、佛教史以及中外文化交流史的研究上。这种别人可能认为是枯燥乏味的工作,我已经做了六七十年了。焚膏继晷,兀兀穷年,乐此不疲,心甘情愿。写一些散文之类的东西,是积习难除,而且都是在感情躁动于胸中,必须一吐为快的时候。所以我有时说:我的文章是流出来的,不是挤出来的。流出来的都会是好文章吗?那倒不一定。文章必须有真情,这是我一贯主张,但是起决定作用的还是你表达这种真情的艺术性。不管你的情是多么真,思想内容是多么宏伟,如果缺乏艺术性,就不能算是文学作品。

我认为,作家是一个非常光荣的称号,是我所衷心景仰的人。我走过大码头,见过大世面,而且是国际的大码头,国际的大世面。虽然性格内向,但是对于待人接物,应对进退,我也自有一套办法。在国外千人的学术会议上,登台发言,心不跳,手不颤。可是一见到作家,我就有点自惭形秽,局促不安。这是一种什么心理呢?至今我还没有能得到满意的解释,我还要继续研究推敲。

十几年前,我当选为中国作家协会的理事。这件事是我在报纸上看到自己的名字才知道的,我并没有参加那一次大会。以后究竟开过多少次理事会,我也没太注意,因为我一次也没有参加过。不是我没有时间,没有兴趣,而是由于上面讲到的原因。我觉得,我之所以能够当选理事,是因为我曾从许多外语中翻译过大量的文学作品,而决不是由于我的创作。我去参加理事会是滥竽充数,一直到最后一次换届的理事会,我才亲自参加。在这一次会议上,我又被推选为中国作家协会的顾问，地位够崇高的了。"此身合是作家未？"我仍然套用陆放翁的诗句来向自己发问。答复仍在疑似之间，但已经感到有点作家的味了。

这一次，我获得鲁迅文学奖，不是凭我的翻译，而是凭我的创作。我自觉似乎向作家靠近了一点。说到《赋得永久的悔》这一篇散文写成的原因，完全是出于一种偶然性。《光明日报》的韩小蕙小姐想出了一个题目，叫做"永久的悔"，发函征文。别人是怎么想的，我不知道。至于我自己呢，我一看题目，立即被它吸引住了。我的"永久的悔"，就藏在我的心中，一直藏了几十年，时时在我心中躁动，有时令我寝食难安，直欲一吐为快。现在小蕙一给我机会，实在是天赐良缘。我立即动笔，几乎是一气呵成，文不加点。我大概是交稿最早的人，至少是其中之一。详情都已写在文章中，我在这里就不重复了。

文章在《光明日报》"文荟"上刊出后，得出的反应大大地超出我的期望。一位在很多问题上同我意见相左的老相识对我说："你的许多文章我都不同意，但是《赋得永久的悔》却不能不让我感动和钦佩。你是一口气写成的吧？"他说得并没有错，我确实是这样写成的。这一篇文章被许多"文摘"转载，一些地方中学里还选作教材。我还接到许多相识的和不相识的老、中青朋友的来信，对它加以赞美。我可是万万没有想到，一篇文章竟能产生这样广泛的影响。

空口无凭，我不妨选出一封信来，从中抄上几段来供大家品味。这封信是武汉大学的两名研究生写的：

最主要的，是我们被您在《赋得永久的悔》里面所流露出来的浓郁的亲情深深地感动了。您在文章中说，您如果以后不去济南，不去北京，不去德国，您就可能会是一个农民，一个文盲，但是您的母亲却会比您不在身边要活得长，活得好。多么崇高深沉的爱！宁愿舍弃自己的一切去换取母亲的幸福而不得，便成了一位望九之年的老人的"永久的悔"。

回想起来，我们时时以"天之骄子"而自豪，自恃青春年少，风华正茂，随波逐流，去追寻自己的梦想，在很大程度上忽略了远方的父母，忽略了父亲期待的目光和母亲渐生的华发，忽略了故乡小河边曾有过的嬉戏奔跑。看了您的文章，我们的心受到了强烈的震动。从小到现在，我们被倾注了母亲满腔的从不企求回报的爱。我们大了，母亲也老了。我们再不能等到自己九十岁了才悔恨地想起当初不该离开母亲，忽略母亲。我们都是胸怀理想的热血青年，以自己的眼睛观察这个日新月异的社会，深深地热爱着可爱的祖国。您的心路历程，您的文章刚好告诉了我们这样一个朴实的道理：爱国应从爱母亲做起。

您的年龄比我们的爷爷还大，从民国初始一直走到改革开放的今天，历经沧桑而保持本色，您的爱母之情、爱国之心将永远激励着我们前进，提醒着我们要永葆人间真情至爱，做一个真正的人，大写的人，同样也将激励和影响着全国千千万万青年朋友的生活道路。

信就抄到这里。下面署名是"学生彭至安（法学院96硕）、刘阳（生科院97硕）"。

这一封信写得何等真挚动人啊！我们中国的青年是多么可爱啊！这一封信对我的震动比我那篇文章对他们的震动要强烈到不知多少倍。我真是做梦也没有想到，自己的一篇简单的文章竟能在社会上，对青年人产生这样强烈的影响。

我现在几乎每天都收到一些素昧平生的朋友们的来信，其中老年、中年、青年都有，而以青年为多。我写文章向来不说谎话、大话、套话，我向读者真挚坦率地交了心，读者也以同样的东西回报了我。这是我近年来最大的快乐。

我在上面已经提到，我平生倾全力去做的是科学研究工作,写点散文,只能算是余兴。然而,根据我今天的认识,人们在社会中不管处于什么地位,上至高官显宦,中间有士、农、工、商,下至引车卖浆者流,我们所做的工作都必须有益于社会,有益于人民,有益于祖国,有益于全人类。如果只是为了个人利益,为了孤芳自赏,那就是社会的寄生虫。觉悟了的人民必将扬弃之,甚至消灭之而后快。那种"藏之名山,传之后人"的科学研究工作,有的也能立即产生社会效益,有的则只能俟诸未来。但是,文学作品绝大多数能立即产生社会影响,直接产生影响。我的《赋得永久的悔》就是一个最具说服力的例子。

我的禀赋不高,在很多问题上,我都是一个后知后觉者。现在,通过《赋得永久的悔》等文章所产生的社会影响,我逐渐感觉到自己似乎像是一个作家了。

1998年6月2日

哲学的用处

我曾在很多文章中说到过自己的一个偏见：我最害怕哲学和哲学家，有一千个哲学家，就有一千种哲学，有的哲学家竟沦为修辞学家。我怀疑，这样的哲学究竟有什么用处。

高明的人士教导说：哲学的用处大着哩，上可以阐释宇宙，下能够指导人生；自然科学的研究成果靠哲学来总结，世界人民前进的道路靠哲学来指明；人文素质用哲学来提高，个人修养用哲学来加深；如此等等，不一而足。这些话都说得很高，也可能很正确。但是，我总觉得有些地方对不上号。我也曾读过西洋哲学史，看过一些中国哲学史。无奈自己禀性庸劣，缺少慧根，读起来总感到有点格格不入。这就好像夏虫不足与语冰，河鳅不足与语海，天资所限，实在是无可奈何。

今天看《参考消息》，读了一篇《英国大学生缘何喜爱古典哲学》，喜其文简意深，不妨抄上几段，公诸同好。文章说："尽管现代哲学有着迷人的外表，但是那些深一步研究它的人却往往感到失望。"现在英国大学生报名学习古典哲学的人远远超过现代哲学，原因就在这里。文章接着说："古代哲学远比现代哲学更符合多数人对哲学的概念。古代哲学家很单纯地认为，哲学就应当在某种方式上帮助人们生活得更好——这个美丽的理想在现代哲学中几乎根本找不到。"作者引用了公元前341年出生的伊壁鸠鲁的话说："如果不关怀人类的痛苦，无论哪一位哲学家的论点都毫无价值。因为，就像医学不能祛除身体的疾病就没有益处一样，哲学不祛除精神上的痛苦也毫无益处。"在这里，文章的作者指出，这些话恰好反映出准备在大学里学习哲学的学生们的愿望。但可惜的是，多数授课者却没有这种愿望。

文章作者指出的这种现象，是非常有意义的，是非常具有启发性的。我不知道，这种现象在英国，在其他欧美国家，涵盖面有多大。我也不知道，在中国是否也有同样的现象。这里表现出来的新老哲学家或哲学爱好者对哲学本身要求的矛盾，是颇为值得研究的。我个人的想法是，伊壁鸠鲁属于西方哲学发展的早期，哲学家都比较淳朴，讲出来的道理也比较明白易懂。随着时间的推移，世界变化越来越复杂，人们，特别是哲学家们的分析概念的能力也越来越细致，分析越来越艰深，玄之又玄，众妙无门，最后达到了让平常人望而却步的程度。但因此也就越来越脱离平常人的要求，哲学家们躲入象牙塔中，孤芳自赏。但是物极必反，世界通例。英国年轻学子对哲学的要求，正反映了这个规律。

我自己对哲学的要求或者期望，有点像英国的大学生。但我决不敢高攀。我的哲学水平大概只有小学水平，因此才对最早期的西方哲学感兴趣。然而，我并不愧疚，我还是要求哲学要有用处。

1998 年 12 月 23 日

成语和典故

成语,旧《辞源》的解释是:"谓古语也。凡流行于社会,可证引以表示己意者皆是。"典故,《现代汉语词典》的解释是:"诗文里引用的古书中的故事或词句。"后者的解释不够全面,除了"古典"外,有些人还用"今典"这个词儿。

成语和典故是一种语言的精华,是一个民族智慧的结晶,是高水平文化的具体表现。短短几个字或一句话,却能唤起人们的联想,能蕴涵无穷无尽的意义,有时是用千言万语也难以表达清楚的。中国古代文人,特别是诗人和词人,鲜有不用典者,一个最著名的例外是李后主。

在世界上各大民族中,成语和典故最丰富多彩的是哪一个民族呢?这个问题,我想,考虑到的人极少极少,反正我还没有遇到呢。我自己过去也从未想到过，只是到了最近，我才豁然开朗：是中国。

中国汉语浩如瀚海的诗文集是最好的证明。没有足够的古典文献的知识，有些诗词古文是无法理解的。许多古代大家的诗文集，必须有注释才能读得懂。有的大家，注释多到数十家，数百家，其故就在于此。

这情况不但见于古典诗文，连老百姓日常习用的口语也不能避免，后者通常被称为"成语"。成语和典故的区分，有时真是难解难分。我的初步的肤浅的解释是，成语一般限于语言，典故则多见诸文字。我们现在每个人每天都要说话（哑巴当然除外），话中多少都用些成语，多半是无意识的，成语已经成为我们口语中不可或缺的一个组成部分了。

成语的量大得不得了，现在市面上流行着许多版本的《汉语成语大词典》可以为证。例子是举不胜举的，现在略举数例，以见一斑。"司空见惯"、"一箭双雕"、"滥竽充数"、"实事求是"、"每况愈下"、"连中三元"、"梅开二度"、"独占鳌头"、"声东击西"、"坐井观天"、"坐山观虎斗"、"坐失良机"、"座无虚席"、"坐以待毙"、"闻鸡起舞"，等等，等等。这不过只是沧海一粟而已。在我这篇短文中，我就不自觉地使用了一些典故。连电视中的体育报告员，嘴里也有不少成语。比如，踢足球踢进第二个球，则报告员就用"梅开二度"，连踢进三个球，则是"连中三元"了。连不识字的人有时也想"传"（读音zhuǎi）文，使用成语，比如，"实事求是"，对他来说实在太拗口，他便改为"以实求实"。现在常听人说"不尽人意"，实际上应该是"不尽如人意"，去掉"如"字，是不通的。但是，恐怕约定俗成，将来"不尽人意"就会一统天下了。

汉语的优点是说不完的，今天只能讲到这里，等以后有机会再来啰唆。

1999年10月16日

我和东坡词

几年前的一段亲身经历，至今回忆起来，历历如在目前；然而其中的一点隐秘，我却始终无法解释。

患了老年性白内障，要动手术。要说怕得不得了，还不至于；要说心里一点波动都没有，也不是事实。坐车到医院去的路上，同行的人高谈阔论，我心里有点忐忑不安，一点也不想参加，我静默不语，在半梦幻状态中，忽然在心中背诵起来了苏东坡的词：

明月几时有？把酒问青天。不知天上宫阙，今夕是何年。我欲乘风归去，又恐琼楼玉宇，高处不胜寒。起舞弄清影，何似在人间！　　转朱阁，低绮户，照无眠。不应有恨，何事长向别时圆？人有悲欢离合，月有阴晴圆缺，此事古难全。但愿人长久，千里共婵娟。

默诵完了一遍，再从头默诵起，最终自己也不知道，究竟默诵了多少遍，汽车到了医院。

　　在这样的时候，在这样的地方，我为什么单单默诵东坡这一首词，我至今不解。难道它与我当时的处境有什么神秘的联系吗？

　　在医院里住了几天，进行了细致的体验，终于把我送进了手术室。主刀人是施玉英大夫，号称"北京第一刀"，技术精湛，万无一失，因此我一点顾虑都没有。但因我患有心脏病，为了保险起见，医院特请来一位心脏科专家，并运来极大的一台测量心脏的仪器，摆在手术台旁，以便随时监测我心跳的频律。于是我就有了两位大夫。我舒舒服服地躺上了手术台。动手术的右眼虽然进行了麻醉，但我的脑筋是十分清楚的，耳朵也不含糊。手术开始后，我听到两位大夫慢声细语地交换着意见，间或还听到了仪器碰撞的声音。一切我都觉得很美妙。但是，我又在半梦幻的状态中，心里忽然又默诵起宋词来，仍然是苏东坡的，不是上面那一首，而是：

　　缥渺红妆照浅溪，薄云疏雨不成泥。送君何处古台西。

废沼夜来秋水满,茂陵深处晓莺啼。行人肠断草凄迷。

我仍然是循环往复地默诵,一遍又一遍,一直到走下手术台。

在这样的时候,在这样的地方,我为什么偏偏又默诵起词来,而且又是东坡的。其原因我至今不解。难道这又与我当时的处境有什么神秘的联系吗?

这样的问题,我无法解释。

但是,我觉得,如果真要想求得一个答复,也是有可能找得到的。

我不是诗词专家,只有爱好,不懂评论。可是读得多了,管窥蠡测,似乎也能有点个人的看法。现在不妨写了出来,供大家品评。

中国词家一向把词分为婉约与豪放两派。每一派中的诸作者也都各有特点,不完全是一个模样。在婉约派中,我最喜欢的是李后主、李易安和纳兰性德。在豪放派中,我最欣赏的是苏东坡。

原因何在呢?

我想提出一个真正的专家学者从来没有提过的肯定是野狐谈禅的说法。为了把问题说明白,我想先拉一位诗人来作陪，他就是李太白。我个人浅见认为，太白和东坡是中国几千年的文学史上两位最有天才的最伟大的作家。他们俩共同的特点是：为文如万斛泉涌，不择地而出，文不加点，倚马可待。每一首诗词，好像都是一气呵成，一气流转。他们写的时候，笔不停挥，欲住不能；我们读的时候，也是欲停不能，宛如高山滑雪，必须一气到底，中间决无停留的可能。这一种气或者气势，洋溢充沛在他们诗词之中，霈然不可抗御。批评家和美学家怎样解释这个现象，我不得而知，这现象是明明白白地存在着的，我则丝毫也不怀疑。

我在下面举太白的几首诗，以资对比：

长安一片月，
万户捣衣声。
秋风吹不断，
总是玉关情。
何日平胡虏，
良人罢远征。

明月出天山，
苍茫云海间。

长风几万里,

吹度玉门关。

蜀僧抱绿绮,

西下峨嵋峰,

为我一挥手,

如听万壑松。

你无论读上面哪一首诗,你能中途停下吗?真仿佛有一股力量,一股气势,在后面推动着你,非读下去不行,读东坡的词,亦复如是。这就是我独独推崇东坡和太白的原因。

这种想法,过去并没有明确地意识到过,它埋藏在我心中有年矣。白内障动手术是我平生一件大事,它触动了我的内心,于是这种想法就下意识地涌出来,东坡词适逢其会自然流出了。

我的文艺理论水平低,只能说出,无法解释,尚望内行里手有以教我。

2000 年 3 月 20 日

漫谈刘姥姥

我喜欢《红楼梦》,年轻时曾读过多遍。但我不是红学家。我站在红坛下,翘首仰望,只见坛上刀光剑影,论争极为激烈。我登坛无意,参战乏力。不揣谫陋,弄一点小玩意儿,为坛上战士助兴。

我想谈一谈刘姥姥。

在《红楼梦》中,刘姥姥只是一个顺便提到的人物。作者对她著墨不多,却活脱脱刻画出一个精通世故的农村老太婆。在第三十九回,写到刘姥姥来到了荣国府,送来了农村产的瓜果野菜,本来想当天就回去的,但是她却时来运转,得到了贾母的欢心,于是就留下多住了一些天。荣国府中,大观园内,那一群以贾母为首的老太太、太太、小姐、公子,甚至那一些上得台盘的大丫头，天天锦衣玉食，养尊处优，除了间或饮宴赋诗之外，互相也产生一些小矛盾，耍些小心眼，总而言之，生活十分单调、呆板、寂寞、无聊。这样的生活环境，他们自己是无法改变的。现在忽然从天上掉下来一个乡下老婆子。鸳鸯首先打上了刘姥姥的主意，她笑着说："天天咱们说，外头老爷们，饮酒吃饭，都有个凑趣儿的。咱们今儿也得了个女清客了。"她是想捉弄一下刘姥姥，逗逗乐儿，让大家开一开心。在《红楼梦》里，凡是干坏事儿，几乎都有凤姐儿一份。这一次，她又同鸳鸯勾结，狼狈为奸。她们先拿给刘姥姥一双老年四楞象牙镶金的筷子，沉甸甸的，让她夹不起菜。事前又告诉她，要说些什么话。贾母一说："请！"刘姥姥便站起身来，高声说道："老刘！老刘！食量大如牛，吃个老母猪不抬头！"说完，鼓着腮帮子，两眼直视，一声不语。"上上下下都一齐哈哈大笑起来"。下面就是那一个有名的一个鸽子蛋值一两银子的故事，限于篇幅，我不再引了。

总之，刘姥姥这一次客串清客，获得了异常大的成功。大观园中这一群老太太、太太、小姐、公子，看到了在凤姐导演下的刘姥姥的表演，笑得前仰后合。对他们来说，这是极难得的机遇。刘姥姥则乘机饱餐一顿，真可谓皆大欢喜。

刘姥姥对自己表演的这个角色明白不明白呢？她完全明白。她对鸳鸯说："姑娘说哪里的话？咱们哄着老太太开个心儿，有什么恼的。你先嘱咐我，我就明白了，不过大家取笑儿。我要恼，我就不说了。"不但刘姥姥心里明白，连作者也是清楚的。在第三十九回，作者写道："刘姥姥虽是个村野人，却生来的有些见识，况且年纪大了，世情上经历过的，见头一件贾母高兴，第二件这些哥儿姐儿都爱听，便没话也编出些话来讲。"总之，我的印象是，荣国府里这些皇亲国戚，本来是想让刘姥姥出出丑，供他们喜乐。然而结果却是，表面上刘姥姥处处被动，实际上却处处主动，把这一群贵族玩弄于股掌之上。

我的结论，刘姥姥是《红楼梦》中最聪明的人。贾家破败时，抚养凤姐儿遗孤的就是刘姥姥。可见她又是一个忠厚诚恳的人。

2001 年 12 月 1 日

〈03〉
面对热爱，
要不遗余力地喜欢

我的处女作

哪一篇是我的处女作呢？这有点难说。究竟什么是处女作呢？也不容易说清楚。如果小学生的第一篇作文就是处女作的话，那我说不出。如果发表在报章杂志上的第一篇文章是处女作的话，我可以谈一谈。

我在高中里就开始学习着写东西。我的国文老师是胡也频、董秋芳（冬芬）、夏莱蒂诸先生。他们都是当时文坛上比较知名的作家，对我都有极大的影响，甚至影响了我的一生。我当时写过一些东西，包括普罗文艺理论在内，颇受到老师们的鼓励。从此就同笔墨结下了不解缘。在那以后五十多年中，我虽然走上了一条与文艺创作关系不大的道路，但是积习难除，至今还在舞笔弄墨；好像不如此，心里就不得安宁。当时的作品好像没有印出来过,所以不把它们算作处女作。

高中毕业后,到北京来上大学,念的是西洋文学系。但是只要心有所感,就如骨鲠在喉,一吐为快,往往写一些可以算是散文一类的东西。第一篇发表在天津《大公报·文艺副刊》上,题目是《枸杞树》,里面记录的是一段真实的心灵活动。我19岁离家到北京来考大学,这是我第一次走这样长的路,而且中学与大学之间好像有一条鸿沟,跨过这条沟,人生长途上就有了一个新的起点。这情况反映到我的心灵上引起了极大的波动,我有点惊异,有点担心,有点好奇,又有点迷惘。初到北京,什么东西都觉得新奇可爱,但是心灵中又没有余裕去爱这些东西。当时想考上一个好大学,比现在要难得多,往往在几千人中只录取一二百名,竞争是异常激烈的,心里的斗争也同样激烈。因此,心里就像是开了油盐店,酸、甜、苦、辣,什么滋味都有。但是美丽的希望也时时向我招手,好像在眼前不远的地方,就有一片玫瑰花园,姹紫嫣红,芳香四溢。

这种心情牢牢地控制住我,久久难忘,永远难忘。大学考取了,再也不必担心什么了,但是对这心情的忆念却依然存在,最后终于写成了这一篇短文:《枸杞树》。

这一篇所谓处女作有什么值得注意的地方呢？同我后来写的一些类似的东西有什么关系呢？仔细研究起来，值得注意的地方还是有的，首先就表现在这篇短文的结构上。所谓结构，我的意思是指文章的行文布局，特别是起头与结尾更是文章的关键部位。文章一起头，必须立刻就把读者的注意力牢牢捉住，让他非读下去不可，大有欲罢不能之势。这种例子在中国文学史上是颇为不少的。我曾在什么笔记上读到过一段有关宋朝大文学家欧阳修写《相州昼锦堂记》的记载。大意是说，欧阳修经过深思熟虑把文章写完，派人送走。但是，他忽然又想到，文章的起头不够满意，立刻又派人快马加鞭，追回差人，把文章的起头改为"仕宦而至将相，富贵而归故乡，此人情之所荣，而今昔之所同也"，自己觉得满意，才又送走。

我想再举一个例子。宋朝另一个大文学家苏轼写了一篇有名的文章：《潮州韩文公庙碑》，起头两句是"匹夫而为百世师，一言而为天下法"。《古文观止》编选者给这两句话写了一个夹注："东坡作此碑，不能得一起头，起行数十遭，忽得此两句，是从古来圣贤远远想入。"

这样的例子还可以举出一些，我现在暂时不举了。从这些例子中可以看出，我国古代杰出的文学家是以多么慎重严肃的态度来对待文章的起头的。

至于结尾,中国文学史上有同样著名的例子。我在这里举一个大家所熟知的,这就是唐代诗人钱起的《省试湘灵鼓瑟》。这一首诗的结尾两句话是:"曲终人不见,江上数峰青。"让人感到韵味无穷。只要稍稍留意就可以发现,古代的诗人几乎没有哪一篇不在结尾上下工夫的,诗文总不能平平淡淡地结束,总要给人留下一点余味,含咀嚼,经久不息。

写到这里,话又回到我的处女作上。这一篇短文的起头与结尾都有明显的惨淡经营的痕迹,现在回忆起来,只是那个开头,就费了不少工夫,结果似乎还算满意,因为我一个同班同学看了说:"你那个起头很有意思。"什么叫"很有意思"呢?我不完全理解,起码他是表示同意吧。

我现在回忆起来,还有一件事情与这篇短文有关,应该在这里提一提。在写这篇短文之前,我曾翻译过一篇英国散文作家 L. P. Smith 的文章,名叫《蔷薇》,发表在 1931 年 4 月 24 日《华北日报·副刊》上。这篇文章的结构有一个特点,在第一段最后有这样一句话:"整个小城都在天空里熠耀着,闪动着,像一个巢似的星圈。"这是那个小城留给观者的一个鲜明生动的印象。到了整篇文章的结尾处,这一句话又出现了一次。我觉得这种写法很有意思,在写《枸杞树》的时候有意加以模仿。我常常有一个想法:写抒情散文（不是政论，不是杂文），可以尝试着像谱乐曲那样写，主要旋律可以多次出现，把散文写成像小夜曲，借以烘托气氛，加深印象，使内容与形式彼此促进。这也许只是我个人的幻想，我自己也尝试过几次。结果如何呢？我不清楚。好像并没有得到知音，颇有寂寞之感。事实上中国古代作家在形式方面标新立异者，颇不乏人，欧阳修的《醉翁亭记》是一个有名的例子。现代作家，特别是散文作家，极少有人注重形式，我认为似乎可以改变一下。

"你不是在这里宣传'八股'吗？"我隐约听到有人在斥责。如果写文章讲究一点技巧就算是"八股"的话，这样的"八股"我一定要宣传。我生得晚，没有赶上作八股的年代，但是我从一些清代的笔记中了解到八股的一些情况。它的内容完全是腐朽昏庸的，必须彻底扬弃。至于形式，那些过分雕琢巧伪的东西也必须否定。那一点想把文章写得比较有点逻辑性、有点系统性，不蔓不枝，重点突出的用意，则是可以借鉴的。写文章，在艺术境界形成以后，在物化的过程中注意技巧，不但未可厚非，而且必须加以提倡。在过去，八股中偶尔也会有好文章的。上面谈到的唐代钱起的《省试湘灵鼓瑟》就是试帖诗，是八股一类，尽管遭到鲁迅先生的否定，但是你能不承认这是一首传诵古今的好诗吗？自然，自古以来，确有一些名篇，信笔写来，如行云流水，一点也没有追求技巧的痕迹。但是，我认为，这只是表面现象。写这样的文章需要很深的工力，很高的艺术修养。我们平常说的"返朴归真"，就是指的这种境界。这种境界是极难达到的，这与率尔命笔，草率从事，完全不可同日而语。这决非我一个人的怪论，然而，不足为外人道也。

1985 年 7 月 4 日

我和外国文学

要想谈我和外国文学,简直像"一部十七史,不知从何处谈起"。

我从小学时期起开始学习英文,年龄大概只有十岁吧。当时我还不大懂什么是文学,只朦朦胧胧地觉得外国文很好玩而已。记得当时学英文是课余的,时间是在晚上。现在留在我的记忆里的只是在夜课后,在黑暗中,走过一片种满了芍药花的花畦,紫色的芍药花同绿色的叶子化成了一个颜色,清香似乎扑入鼻官。从那以后,在几十年的漫长的岁月中,学习英文总同美丽的芍药花联在一起,成为美丽的回忆。

到了初中,英文继续学习。学校环境异常优美,紧靠大明湖,一条清溪流经校舍。到了夏天,杨柳参天,蝉声满园。

后面又是百亩苇绿，十里荷香，简直是人间仙境。我们的英文教员水平很高，我们写的作文，他很少改动，而是一笔勾销，自己重写一遍。用力之勤，可以想见。从那以后，我学习英文又同美丽的校园和一位古怪的老师联在一起，也算是美丽的回忆吧。

到了高中，自己已经十五六岁了，仍然继续学英文，又开始学了点德文。到了此时，才开始对外国文学发生兴趣。但是这个启发不是来自英文教员，而是来自国文教员。高中前两年，我上的是山东大学附设高中。国文教员王崑玉先生是桐城派古文作家，自己有文集。后来到山东大学做了讲师。我们学生写作文，当然都用文言文，而且尽量模仿桐城派的调子。不知怎么一来，我的作文竟受到他的垂青。什么"亦简劲,亦畅达"之类的评语常常见到，这对于我是极大的鼓励。高中最后一年，我上的是山东济南省立高中。经过了五卅惨案，学校地址变了，空气也变了，国文老师换成了董秋芳（冬芬）、夏莱蒂、胡也频等等，都是有名的作家。胡也频先生只教了几个月，就被国民党通缉，逃到上海，不久就壮烈牺牲。以后是董秋芳先生教我们。他是北大英文系毕业，曾翻译过一本短篇小说集《争自由的波浪》，鲁迅写了序言。他同鲁迅通过信，通信全文都收在《鲁迅全集》中。他虽然教国文，却是外国文学出身，在教学中自然会讲到外国文学的。我此时写作文都改用白话，不知怎么一来，我的作文又受到董老师的垂青。他对我大加赞誉，在一次作文的评语中，他写道，我同另一个同级王峻岭（后来入北大数学系）是全班、全校之冠。这对一个十七八岁的青年来说，更是极大的鼓励。从那以后，虽然我思想还有过波动，也只能算是小插曲。我学习文学，其中当然也有学习外国文学的决心，就算是确定下来了。

在这时期，我曾从日本东京丸善书店订购过几本外国文学的书。其中一本是英国作者吉卜林的短篇小说。我曾着手翻译过其中的一篇，似乎没有译完。当时一本洋书值几块大洋，够我一个月的饭钱。我节衣缩食，存下几块钱，写信到日本去订书，书到了，又要跋涉十几里路到商埠去"代金引换"。看到新书，有如贾宝玉得到通灵宝玉，心中的愉快，无法形容。总之，我的兴趣已经确定，这也就确定了我以后学习和研究的方向。

考上清华以后，在选择系科的时候，不知是由于什么原因，我曾经一阵心血来潮，想改学数学或者经济。要知道我高中读的是文科，几乎没有学过数学。入学考试数学分数不到十分。这样的成绩想学数学岂非滑天下之大稽！愿望当然落空。一度冲动之后，我的心情立即平静下来：还是老老实实，安分守己，学外国文学吧。

清华大学西洋文学系，实际上是以英国文学为主，教授，不管是哪一国人，都用英语讲授。但是又有一个古怪的规定：学习英、德、法三种语言中任何一种，从一年级学到四年级，就叫什么语的专门化。德文和法文从字母学起，而大一的英文一上来就念 J. 奥斯丁的《傲慢与偏见》，可见英文的专门化同法文和德文的专门化，完全是不可同日而语的。四年的课程有文艺复兴文学、中世纪文学、现代长篇小说、莎士比亚、欧洲文学史、中西诗之比较、英国浪漫诗人、中古英文、文学批评等等。教大一英文的是叶公超，后来当了国民党的外交部长。教大二的是毕莲（Miss Bille），教现代长篇小说的是吴可读（英国人），教东西诗之比较的是吴宓，教中世纪文学的是吴可读，教文艺复兴文学的是温特（Winter），教欧洲文学史的是翟孟生（Jameson），教法文的是 Holland 小姐，教德文的是杨丙辰、艾克（Ecke）、石坦安（Von den Steinen）。这些外国教授的水平都不怎么样，看来都不是正途出身，有点野狐谈禅的味道。费了四年的时间，收获甚微。我还选了一些其他的课，像朱光潜的文艺心理学、陈寅恪的佛经翻译文学、朱自清的陶渊明诗等等，也曾旁听过郑振铎和谢冰心的课。这些课程水平都高，至今让我忆念难忘的还是这一些课程，而不是上面提到的那一些"正课"。

从上面的选课中可以看出，我在清华大学四年，兴趣是相当广的，语言、文学、历史、宗教几乎都涉及了。我是德文专门化的学生，从大一德文，一直念到大四德文，最后写论文还是用英文，题目是 The Early Poems of Hölderlin，指导教师是艾克。内容已经记不清楚，大概水平是不高的。在这期间，除了写作散文以外，我还翻译了德莱塞的《旧世纪还在新的时候》，屠格涅夫的《玫瑰是多么美丽，多么新鲜呵……》、史密斯（Smith）的《蔷薇》、杰克逊（H. Jackson）的《代替一篇春歌》、马奎斯（D. Marquis）的《守财奴自传序》、索洛古勃（Sologub）的一些作品和荷尔德林的一些诗，其中《玫瑰是多么美丽，多么新鲜呵……》、《代替一篇春歌》、《蔷薇》等几篇发表了，其余的大概都没有刊出，连稿子现在都没有了。

此时我的兴趣集中在西方的所谓"纯诗"上，但是也有分歧。纯诗主张废弃韵律，我则主张诗歌必须有韵律，否则叫任何什么名称都行，只是不必叫诗。泰戈尔是主张废除韵律的，他的道理并没有能说服我。我最喜欢的诗人是法国的魏尔兰、马拉梅和比利时的维尔哈伦等。魏尔兰主张：首先是音乐，其次是明朗与朦胧相结合。这符合我的口味。但是我反对现在的所谓"朦胧诗"。我总怀疑这是"英雄欺人"，以艰深文浅陋。文学艺术都必须要人了解，如果只有作者一个人了解（其实他自己也不见得就了解），那何必要文学艺术呢？此外，我还喜欢英国的所谓"形而上学诗"。在中国，我喜欢的是六朝骈文，唐代的李义山、李贺，宋代的姜白石、吴文英，都是唯美的，讲求词藻华丽的。这个嗜好至今仍在。

在这四年期间，我同吴雨僧（宓）先生接触比较多。他主编天津《大公报》的一个副刊，我有时候写点书评之类的文章给他发表。我曾到燕京大学夜访郑振铎先生，同叶公超先生也有接触。他教我们英文，喜欢英国散文，正投我所好。我写散文，也翻译散文。曾有一篇《年》发表在与叶有关的《学文》上，受到他的鼓励，也碰过他的钉子。我常常同几个同班访问雨僧先生的藤影荷声之馆。有名的水木清华之匾就挂在工字厅后面。我也曾在月夜绕过工字厅走到学校西部的荷塘小径上散步，亲自领略朱自清先生《荷塘月色》描绘的那种如梦如幻的仙境。

我在清华时就已开始对梵文发生兴趣。旁听陈寅恪先生的佛经翻译文学更加深了我的兴趣。但由于当时没有人教梵文，所以空有这个愿望而不能实现。1935年深秋，我到了德国哥廷根，才开始从瓦尔德施密特（Waldschmidt）教授学习梵文和巴利文。后又从西克（E. Sieg）教授学习吠陀和吐火罗文。梵文文学作品只在授课时作为语言教材来学习。第二次世界大战爆发，瓦尔德施密特被征从军，西克以耄耋之年出来代他授课。这位年老的老师亲切和蔼，恨不能把自己的一切学问和盘托出，交给我这个异域的青年。他先后教了我吠陀、《大疏》、吐火罗语。在文学方面，他教了我比较困难的檀丁的《十王子传》。这一部用艺术诗写成的小说实在非常古怪。开头一个复合词长达三行，把一个需要一章来描写的场面细致地描绘出来了。我回国以后之所以翻译《十王子传》，基因就是这样形成的。当时我主要是研究混合梵文，没有余暇来搞梵文文学，好像是也没有兴趣。在德国十年，没有翻译过一篇梵文文学著作，也没有写过一篇论梵文文学的文章。现在回想起来，也似乎从来没有想到要研究梵文文学。我的兴趣完完全全转移到语言方面，转移到吐火罗文方面去了。

1946年回国，我到北大来工作。我兴趣最大、用力最勤的佛教梵文和吐火罗文的研究，由于缺少起码的资料，已无法进行。我当时有一句口号，叫做："有多大碗，吃多少饭。"意思是说，国内有什么资料，我就做什么研究工作。巧妇难为无米之炊。不管我多么不甘心，也只能这样了。我就是在这种情况下来翻译文学作品的。解放初期，我翻译了德国女小说家安娜·西格斯的短篇小说。西格斯的小说，我非常喜欢。她以女性特有的异常细致的笔触，描绘反法西斯的斗争，实在是优秀的短篇小说家。以后我又翻译了迦梨陀娑的《沙恭达罗》和《优哩婆湿》，翻译了《五卷书》和一些零零碎碎的《佛本生故事》等。直至此时，我还并没有立志专门研究外国文学。我用力最勤的还是中印文化关系史和印度佛教史。我努力看书，积累资料。20世纪50年代，我曾想写一部《唐代中印关系史》，提纲都已写成，可惜因循未果。但我又不甘心无所事事，白白浪费人民的小米，想找一件能占住自己的身心而又能旷日持久的翻译工作，从来也没想到出版问题。我选择的结果就是印度大史诗《罗摩衍那》。大概从1973年开始，在看门房、守电话之余，着手翻译。我一定要译文押韵。但有时候找一个适当的韵脚又异常困难，我就坐在门房里，看着外面来来往往的人，大半都不认识，只见眼前人影历乱，我脑筋里却想的是韵脚。下班时要走四十分钟才能到家，路上我仍搜索枯肠，寻求韵脚，以此自乐，实不足为外人道也。

上面我谈了六十年来我和外国文学打交道的经过。原来不知从何处谈起，可是一谈，竟然也谈出了不少的东西。记得什么人说过，只要塞给你一支笔，几张纸，出上一个题目，你必然能写出东西来。我现在竟成了佐证。可是要说写得好，那可就不见得了。

究竟怎样评价我这六十年中对外国文学的兴趣和所表现出来的成绩呢？我现在谈一谈别人的评价。1980年，我访问联邦德国，同分别了将近四十年的老师瓦尔德施密特教授会面，心中的喜悦之情可以想见。那时期，我翻译的《罗摩衍那》才出了一本。我就带了去送给老师。我万没有想到，他板起脸来，很严肃地说："我们是搞佛教研究的，你怎么弄起这个来了！"我了解老师的心情，他是希望我在佛教研究方面能多做出些成绩。但是他哪里能了解我的处境呢？我一无情报，二无资料，我是不得已而为之的。只是到了最近五六年，我两次访问联邦德国，两次访问日本，同外国的渠道逐渐打通，同外国同行通信、互赠著作，才有了一些条件，从事我那有关原始佛教语言的研究，然而人已垂垂老矣。

前几天，我刚从日本回来。在东京时，以东京大学名誉教授中村元博士为首的一些日本学者为我布置了一次演讲会。我讲的题目是《和平和文化》。在致开幕词时，中村元把我送给他的八大本汉译《罗摩衍那》提到会上，向大家展示。他大肆吹嘘了一通，说什么世界名著《罗摩衍那》外文译本完整的，在过去一百多年内只有英文，汉文译本是第二个全译本，有重要意义。日本、美国、苏联等国都有人在翻译，汉译本对日本译本会有极大的鼓励作用和参考作用。

中村元教授同瓦尔德施密特教授的评价完全相反。但是我决不由于瓦尔德施密特的评价而沮丧，也决不由于中村元的评价而发昏。我认识到翻译这本书的价值，也认识到自己工作的不足。由于别的研究工作过多，今后这样大规模的翻译工作大概不会再干了。难道我和外国文学的缘分就从此终结了吗？决不是的。我目前考虑的有两件工作：一是翻译一点《梨俱吠陀》的抒情诗，这方面的介绍还很不够。二是读一点古代印度文艺理论的书。我深知外国文学在我们国家精神文明建设中的重要性，也深知我们研究的深度和广度都有待于大大地提高。不管我其他工作多么多，我的兴趣多么杂，我决不会离开外国文学这一块阵地的，永远也不会离开。

1986 年 5 月 31 日

我和外国语言

我学外国语言是从英文开始的。我当时只有十岁,是高小一年级的学生。现在回忆起来,英文大概还不是正式课程,是在夜校中学习的。时间好像并不长,只记得晚上下课后,走过一片芍药栏,当然是在春天里,其他情节都记不清楚了。

当时最使我苦恼的是所谓"动词",to be 和 to have 一点也没有动的意思呀,为什么竟然叫做动词呢?我问过老师,老师说不清楚,问其他的人,当然更没有人说得清楚了。一直到很晚很晚,我才知道,把英文 verb(拉丁文 verbum)译为"动词"是不够确切的,容易给初学西方语言的小学生造成误会。

我万万没有想到,学了一点英语,小学毕业后报考中学时竟然派上了用场。考试的其他课程和情况，现在完全记不清楚了。英文出的是汉译英，只有三句话："我新得到了一本书，已经读了几页，但是有几个字我不认识。"我大概是译出来了，只是"已经"这个字我还没有学过，当时颇伤脑筋，耿耿于怀若干时日。我报考小学时，曾经因为认识一个"骡"字，被破格编入高小一年级。比我年纪大的一个亲戚，因为不认识这个字，被编入初小三年级。一个字给我争取了一年。现在又因为译出了这几句话，被编入春季始业的一个班，占了半年的便宜。如果我也不认识那个"骡"字，或者我在小学没有学英文，则我从那以后的学历都将推迟一年半，不知道会产生什么样的后果。人生中偶然出现的小事往往起很大的作用，难道不是非常清楚吗？不相信这一点是不行的。

在中学时，英文列入正式课程。在我两年半的初中阶段，英文课是怎样进行的，我已经忘记了。我只记得课本是《泰西五十轶事》、《天方夜谈》、《莎氏乐府本事》（*Tales form Shakespeare*）、Washington Irving 的《拊掌录》（*Sketch Book*），好像还念过 Macaulay 的文章。老师的姓名都记不清楚了。只记得，初中毕业后，因为是春季始业，又在原中学念了半年高中。在这半年中，英文教员是郑又桥先生。他给我留下了深刻难忘的印象。听口音，他是南方人。英文水平很高，发音很好，教学也很努力。只是他有吸鸦片的习惯，早晨起得很晚，往往上课铃声响了以后，还不见先生来临。班长不得不到他的住处去催请。他有一个很特别的习惯，学生的英文作文，他不按原文来修改，而是在开头处画一个前括弧，在结尾处画一个后括弧，说明整篇文章作废，他自己重新写一篇文章。这样，学生得不到多少东西，而他自己则非常辛苦，改一本卷子，恐怕要费很多时间。别人觉得很怪，他却乐此不疲。对这样一位老师是不大容易忘掉的。过了20年以后，当我经过了高中、大学、教书、留学等等阶段，从欧洲回到济南时，我访问了我的母校，几乎所有以前的老师都已离开了人世，只有郑又桥先生一个人孤零零地住在临大明湖的高楼上。我见到他，我们俩彼此都非常激动，这实在是我万万没有想到的事。他住的地方，南望千佛山影，北望大明湖十里碧波，风景绝佳。可是这一位孤独的老人似乎并不能欣赏这绝妙的景色。从那以后，我再没有见到他，想他早已经不在人世了。

　　我们那一些十几岁的中学生也并不老实。来一个新教员，我们往往要试他一试，看他的本领如何。这大概也算是一种少年心理吧。我们当然想不出什么高招来"测试"教员。有一年换了一位英文教员，我们都觉得他不怎么样。于是在字典里找了一个短语 by the by。其实这也不是多么稀见的短语，可我们当时从来没有读到过，觉得很深奥，就拿去问老师。老师没有回答出来，脸上颇有愧色。我们一走，他大概是查了字典，下一次见到我们，说："你们大概是从字典上查来的吧？"我们笑而不答。幸亏这一位老师颇为宽宏大量，以后他并没有对我们打击报复。

在这时候，我除了在学校里念英文外，还在每天晚上到尚实英文学社去学习。校长叫冯鹏展，是广东人，说一口带广东腔的蓝青官话。他住的房子非常大，前面一进院子是学社占用。后面的大院子是他全家所居。前院有四五间教室，按年级分班。教我的老师除了冯老师以外，还有钮威如老师、陈鹤巢老师。钮老师满脸胡须，身体肥胖，用英文教我们历史。陈老师则是翩翩佳公子，衣饰华美。看来这几个老师英文水平都不差，教学也都努力。每到秋天，我能听到从后院传来的蟋蟀的鸣声。原来冯老师最喜欢养蟋蟀，山东人名之曰蛐蛐儿，嗜之若命，每每不惜重金，购买佳种。我自己当时也养蛐蛐，常常随同院里的大孩子到荒山野外蔓草丛中去捉蛐蛐，捉到了一只好的，则大喜若狂。我当然没有钱来买好的，只不过随便玩玩而已。冯老师却肯花大钱，据说斗蛐蛐有时也下很大的赌注，不是随便玩玩的。

在这里用的英文教科书已经不能全部回忆出来。只有一本我忆念难忘，这就是 Nesfield 的文法，我们称之为《纳氏文法》，当时我觉得非常艰深，因而对它非常崇拜。到了后来，我才知道，这是英国人专门写了供殖民地人民学习英文用的。不管怎样，这一本书给我提供了很多有用的资料。像这样内容丰富的语法，我以后还没有见过。

尚实英文学社，我上了多久，已经记不起来，大概总有几年之久。学习的成绩我也说不出来，大概还是非常有用的。到了我到北园白鹤庄去上山东大学附设高中的时候，我在班上英文程度已经名列榜首。当时教英文的教员共有三位，一位姓刘，名字忘了，只记得他的绰号，一个非常不雅的绰号。另一位姓尤名桐。第三位姓和名都忘了，这一位很不受学生欢迎。我们闹了一次小小的学潮：考试都交白卷，把他赶走了。我当时是班长，颇伤了一些脑筋。刘、尤两位老师却都受到了学生的尊敬，师生关系一直是非常好的。

在北园高中，开始学了点德文。老师姓孙，名字忘记了。他长得宽额方脸，嘴上留着两撇像德皇威廉第二世的胡须，除了鼻子不够高以外，简直像是一个德国人。我们用的课本是山东济宁天主教堂编的书，实在很不像样子，他就用这个本子教我们。他是胶东口音，估计他在德国占领青岛时在一个德国什么洋行里干过活,学会了德文。但是他的德文实在不高明,特别是发音更为蹩脚。他把 gut 这个字念成"古吃"。有一次上堂时他满面怒容,说有人笑话他的发音。我心里想,那个人并没有错,然而孙老师却忿忿然,义形于色。他德文虽不高明却颇为风雅,他自己出钱印过一册十七字诗,比如有一首是嘲笑一只眼的人:

发配到云阳,
见舅如见娘,
两人齐下泪,
三行!

诸如此类,是中国民间文学的一种形式,严格地说就是民间蹩脚文人的创作,足证我们孙老师的欣赏水平并不怎样高。总之,我们似乎只念了一学期德文,我的德文只学会了几个单词儿,并没有学好,也不可能学好。

到了 1928 年,日寇占领了济南,我失学一年。从 1929 年夏天起,我入了山东省立济南高中,据说是当时山东全省唯一的一所高中。此时名义上是国民党统治,但是实权却多次变换,有时候,仍然掌握在地方军阀手中。比起山东大学附设高中来，多少有了一些新气象。《书经》、《诗经》不再念了，作文都用白话文，从前是写古文的。我在这里念了一年书，国文教员个个都给我的印象很深，因为都是当时文坛上的名人。但英文教员却都记不清楚了。高中最后一年用的什么教本我也记不起来了。可能是《格里弗游记》之类。我还能清晰地回忆起来的是几次英文作文。我记得有一次作文题目是讲我们学校。我在作文中描绘了学校的大门外斜坡，大门内向上走的通道，以及后面图书馆所在的楼房。自己颇为得意，也得到了老师的高度赞扬。我们的英文课一直用汉语进行，我们既不大能说，也不大能听。这是当时山东中学里一个普遍的缺点，同京、沪、津一些名牌中学比较起来，我们显然处于劣势。这大大地影响了考入名牌大学的命中率。

此时已经到了1930年的夏天，我从高中毕业了。我断断续续学习英语已经十年了，还学了一点德文。要问有什么经验没有呢？应该有一点，但并不多。曾有一度，我想把整部英文字典背过。以为这样一来，就再没有不认识的字了。我确实也下过工夫去背，但持续了一段时间之后，我就觉得有好多字实在太冷僻没有用处，于是采用另外一种办法：凡是在字典上查过的字都用红铅笔在字下画一横线，表示这个字查过了。但是过了不久，又查到这个字。说明自己忘记了。

这个办法有一点用处，它可以给我敲一下警钟：查过的字怎么又查呢？可是有的字一连查过几遍还是记不住，说明警钟也不大理想。现在的中学生要比我们当时聪明得多，他们恐怕不会来背字典了。阿门！加上阿弥陀佛！

不管怎么样，高中毕业了。下一步是到北京投考大学。山东有一所山东大学，但是本省的学生都是这山望着那山高，不大愿意报考本省的大学，一定要"进京赶考"。我们这一届高中有八十多个毕业生，几乎都到了北京。当年报考名牌大学，其困难程度要远远超过今天。拿北大、清华来说，录取的学生恐怕不到报名的十分之一。据说有一个山东老乡报考北大、清华，考过四次，都名落孙山。我们考的那一年是第五次了，名次并不比孙山高。看榜后，神经顿时错乱，走到西山，昏迷漫游了四五天，才清醒过来，回到城里，从此回乡，再也不考大学了。

入学考试，英文是必须考的。以讲英语出名的清华，英文题出得并不难，只有一篇作文，题目忘记了。另外有一篇改错之类的东西。不以讲英语著名的北大出的题目却非常难，作文之外有一篇汉译英，题目是李后主的词：

别后春半，触目愁肠断，砌下落梅如雪乱，拂了一身还满。

有的同学连中文原文都不十分了解，更何况译成英文！顺便说一句，北大的国文作文题也非常古怪，那一年的题目是："何谓科学方法，试分析详论之"。这样一个题目也很够一个中学毕业生作的。但是北大古怪之处还不在这里。各门学科考完之后，忽然宣布要加试英文听写（dictation），这对我们实在是当头一棒。我们在中学没有听过英文。我大概由于单词记得多了一点，只要能听懂几个单词儿，就有办法了。记得老师念的是一段寓言。其中有狐狸，有鸡，只有一个字suffer，我临阵惊慌，听懂了，但没有写对。其余大概都对了。考完之后，山东同学面带惊慌之色，奔走相告，几乎完全是丈二和尚摸不着头脑。大家都知道，这一加试，录取的希望就十分渺茫了。

我很侥幸，北大、清华都录取了。当时处心积虑是想出国留洋。在这方面，清华比北大条件要好。我决定入清华西洋文学系。这一个系有一套详细的教学计划，课程有古希腊拉丁文学、中世纪文学、文艺复兴文学、英国浪漫诗人、近代长篇小说、文艺评论、莎士比亚、欧洲文学史等。教授有中国人、英国人、美国人、德国人、波兰人、法国人、俄国人,但统统用英文讲授。我在前面已经谈到,我们中学没有听英文的练习。教大一英文的是美国小姐毕莲女士(Miss Bille)。头几堂课,我只听到她咽喉里咕噜咕噜地发出声音,剪不断,理还乱,一点也听不清单词。我在中学曾以英文自负,到了此时却落到这般地步,不啻当头一棒,悲观失望了好多天,幸而逐渐听出了个别的单词,仿佛能"剪断"了,大概不过用了几个礼拜,终于大体听懂了,算是渡过了学英文的生平第一难关。

清华有一个古怪的规定:学英、德、法三种语言之一,从第一年X语,学到第四年X语者,谓之X语专门化(specialized in X)。实际上法语、德语完全不能同英语等量齐观。法语、德语都是从字母学起,教授都用英语讲授,而所谓第一年英语一开始就念 Jane Austin 的 *Pride and Prejudice*。其余所有的课也都用英语讲授。所以这三个专门化是十分不平等的。

我选的是德语专门化,就是说,学了四年德语。从表面上来看,四年得了八个 E(Excellent,最高分,清华分数是五级制),但实际上水平并不高。教第一年和第二年德语的是当时北京大学德文系主任杨丙辰(震文)教授。他在德国学习多年,德文大概是好的,曾翻译了一些德国古典名著,比如席勒的《强盗》等等。他对学生也从来不摆教授架子，平易近人，常请学生吃饭。但是作为一个教员，他却是一个极端不负责任的教员。他教课从字母教起，教第一个字母 a 时，说：a 是丹田里的一口气，初听之下，也还新鲜。但 b、c、d 等等，都是丹田里的一口气，学生就窃窃私议了："我们不管它是否是丹田里的几口气，我们只想把音发得准确。"从此，"丹田里的一口气"就传为笑谈。

杨老师家庭生活也非常有趣。他是北京大学的系主任，工资相当高，推算起来，可能有现在教授的十几倍。不过在北洋军阀时期，常常拖欠工资，国民党统治前期，稍微好一点，到了后期，什么法币、什么银元券、什么金元券一来，钞票几乎等于手纸，教授们的生活就够呛了。杨老师据说兼五个大学的教授，每月收入可达上千元银元。我在大学念书时，每月饭费只需六元，就可以吃得很好了。可见他的生活是相当优裕的。他在北大沙滩附近有一处大房子，服务人员有一群，太太年轻貌美，天天晚上看戏捧戏子，一看就知道，他们是一个非常离奇的结合。杨老师的人生观也很离奇，他信一些奇怪的东西，更推崇佛家的"四大皆空"。把他的人生哲学应用到教学上就是极端不负责任，游戏人间，逢场作戏而已。他打分数，也是极端不负责任。我们一交卷，他连看都不看，立刻把分数写在卷子上。有一次，一个姓陈的同学，因为脾气黏黏糊糊，交了卷，站着不走，杨老师说："你嫌少吗？"立即把 S（superior，第二级）改为 E。

我就是在这样的情况下学习德语的。高中时期孙老师教的那一点德语早已交还了老师，杨老师又是这样来教，可见我的德语基础是很脆弱的。第二年仍然由他来教，前两年可以说是轻松愉快，但不踏实。

第三年是石坦安先生（Von den Steinen，德国人）教，他比较认真，要求比较严格，因此这年学了不少的东西。第四年换了艾克（G. Ecke，号锷风，德国人）。他又是一个马马虎虎的先生。他工资很高，又独身一人，在城里租了一座王府居住。他自己住在银安殿上，仆从则住在前面一个大院子里。他搜集了不少的中国古代名画。他在德国学的是艺术史，因此对艺术很有兴趣，也懂行。他曾在厦门大学教过书，鲁迅的著作中曾提到过他。他用德文写过一部《中国的宝塔》，在国外学术界颇得好评。但是作为一个德语教员，则只能算是一个蹩脚的教员。他对教书心不在焉。他平常用英文讲授，有一次我们曾请求他用德语讲，他立刻哇啦哇啦讲一通德语，其快如悬河泻水，最后用德语问我们："Verstehen Sie etwas davon？"我们摇摇头，想说："Wir verstehen nichts davon."

但说不出来，只好还说英语。他说道："既然你们听不懂，我还是用英语讲吧！"我们虽不同意，然而如哑子吃黄连，有苦说不出。课程就照旧进行下去了。

但是他对我却产生了极大的影响。他喜欢德国古典诗歌，最喜欢 Hölderlin 和 Plateno。我受了他的影响，也喜欢起 Hölderlin 来。我的学士论文："The Early Poems of Hölderlin"，就是在他的影响下写的，他是指导教授。当时我大概对 Hölderlin 不会了解得太多，太深。论文的内容我记不清楚了，恐怕是非常肤浅的。我当时的经济情况很困难，有一次写了几篇文章，拿了点稿费，特别向德国订购了 Hölderlin 的豪华本的全集，此书我珍藏至今，念了一些，但不甚了了。

除了英文和德文外，我还选了法文。教员是德国小姐 Madmoiselle Holland，中文名叫华兰德。当时她已发白如雪，大概很有一把子年纪了。因为是独身，性情有些反常，有点乖戾，要用医学术语来说，她恐怕患了迫害狂，在课堂上专以骂人为乐。如果学生的答卷非常完美，她挑不出毛病来借端骂人，她的火气就更大，简直要勃然大怒。最初选课的人很多，过了没有多久，就被她骂走了一多半。只剩下我们几个不怕骂的仍然留下，其中有华罗庚同志。有一次把我们骂得实在火了,我们商量了一下,对她予以反击,结果大出意料,她屈服了,从此天下太平。她还特意邀请我们到她的住处(现在北大南门外的军机处)去吃了一顿饭。可见师徒间已经化干戈为玉帛,揖让进退,海宇澄清了。

我还旁听过俄文课。教员是一个白俄,名字好像是陈作福,个子极高,一个中国人站在他身后,从前面看什么都看不见。他既不会英文,也不会汉文,只好被迫用现在很时髦的"直接教学法",然而结果并不理想,我只听到讲Скажите пожалуйста(请您说!),其余则不甚了了。我旁听的兴趣越来越低,终于不再听了。大概只学了一些生词和若干句话,我第一次学习俄语的过程就此结束了。

我上面谈到,我虽然号称德文专门化,然而学习并不好。可是我偏偏得了四年高分。当我1934年毕业后,不得已而回到母校济南高中当了一年国文教员。之后,清华与德国学术交流处订立了交换研究生的合同,我报名应考,结果被录取了。我当年舍北大而趋清华的如意算盘终于真正实现了,我能到德国去留学了。对我来说,这真是天大的喜事。

可是我的德文水平不高,我看书大概是没有问题的,听、说则全无训练。到了德国,吃了德国面包,也无法立刻改变。我到德国学术交流处去报到的时候,一个女秘书含笑对我说："Lange Reise!"（长途旅行呀！）我愣里愣怔，竟没有听懂。我留在柏林，天天到柏林大学外国语学院专为外国人开的德文班去学习了六周，到了深秋时分，我被分配到Göttingen（哥廷根）大学去学习。我对于这个在世界上颇为著名的大学什么都不清楚。第一学期，我还没有能决定究竟学习哪一个学科。我随便选了一些课，因为交换研究生选课不用付钱，所以我尽量多选，我每天要听课六七小时。选的课我不一定都有兴趣，我也不能全部听懂。我的目的其实是通过选课听课提高自己听的能力。我当时听德语的水平非常低，以前从来没有听过，这情况我在上面已经谈过。解放后，我们的外语教育，不管还有多少令人不满意的地方，其水平和认真的态度是解放前无论如何也比不上的，这一点现在的青年不一定都清楚，因此我在这里说上几句。

我还利用另一种方式来提高自己的听说能力，这就是同我的女房东谈话。德国大学没有学生宿舍，学生住宿的问题学校根本不管，学生都住民房。我的女房东有一些文化，但不高。她喜欢说话，唠唠叨叨，每天晚上到我屋里来收拾床铺，她都要说上一大套，把一天的经过都说一遍。别人大概都不爱听，我却是求之不得，正好利用这个机会来练习听力。

我的女房东可以说是一位很好的德文教员，可惜我既不付报酬，她自己也不知道讨报酬，她成了我的义务教员。

到了第二学期，我偶然看到 Prof. Waldschmidt 开梵文课的告示。我大喜过望，立刻选了这一门课。我在清华大学时，曾经想学梵文，但没有老师教，只好作罢。现在有了这样一个机会，我怎能放过呢？学生只有三个：一个乡村里的牧师，一个历史系的学生。Waldschmidt 的教学方法是德国通常使用的。德国19世纪一位语言学家主张，教学生外语，好比教学生游泳，把学生带到游泳池旁，一下子把他推下去，如果淹不死，他就学会游泳了。具体的办法是：尽快让学生自己阅读原文，语法由学生自己去钻，不在课堂上讲解。这种办法对学生要求很高。短短的两节课往往要准备上一天，其效果我认为是好的：学生的积极性完全被调动起来了。他要同原文硬碰硬，不能依赖老师，他要自己解决语法问题。只有实在解不通时，教授才加以辅导。这个问题我在别的地方讲过，这里不再详细叙述了。

德国大学有一个奇特的规定：要想考哲学博士学位，必须选三个系，一个主系，两个副系。对我来说，主系是梵文，这是已经定了的。副系一个是英文，这可以减轻我的负担。至于第三个系，则费了一番周折。有一个时期，我曾经想把阿拉伯语作为我的副系。我学习了大约三个学期的阿拉伯语。从第二学期开始就念《古兰经》。我很喜欢这一部经典，语言简练典雅，不像佛经那样累赘重复，语法也并不难。但是在念过两个学期以后，我忽然又改变了想法，我想拿斯拉夫语言作为我的第二副系。按照德国大学的规定，拿斯拉夫语作副系，必须学习两种斯拉夫语言，只有一种不行。于是我在俄文之外，又选了南斯拉夫语。

教俄文的老师是一个曾在俄国居住过的德国人，俄文等于是他的母语。他的教法同其他德国教员一样，是采用把学生推入游泳池的办法。俄文每周两次，每次两小时，德国的学期短，然而我们却在第一学期内，读完了一册俄文教科书，其中有单词、语法和简单的会话，又念完果戈里的小说《鼻子》。我最初念《鼻子》的时候，俄文语法还没有学多少，只好硬着头皮翻字典。往往是一个字的前一半字典上能查到，后一半则不知所云，因为后一半是表变位或变格变化的。而这些东西，我完全不清楚，往往一个上午只能查上两行，其痛苦可知。但是不知怎么一来，好像做梦一般，在一个学期内，我毕竟把《鼻子》全念完了。下学期念契诃夫的剧本《万尼亚舅舅》的时候，我觉得轻松多了。

南斯拉夫语由主任教授 Prof. Braun 亲自讲授。他只让我看了一本简单的语法，立即进入阅读原文的阶段。有了学习俄文的经验，我拼命翻字典。南斯拉夫语同俄文很相近，只在发音方面有自己的特点，有升调和降调之别。在欧洲语言中，这是很特殊的。我之所以学南斯拉夫语，完全是为了应付考试。我的兴趣并不大，可以说也没有学好。大概念了两个学期，就算结束了。

谈到梵文，这是我的主系，必须全力以赴。我上面已经说过，Waldschmidt教授的教学方法也同样是德国式的。我们选用了Stenzler的教科书。我个人认为，这是一本非常优秀的教科书。篇幅并不多，但是应有尽有。梵文语法以艰深复杂著称，有一些语法规则简直烦琐古怪到令人吃惊的地步。这些东西当然不是哪一个人硬制定出来的，而是历史发展自然形成的，利用比较语言学的方法都能解释得通。Stenzler在薄薄的一本语法书中竟能把这些古怪的语法规则的主要组成部分收容进来，是一件十分不容易做好的工作。这一本书前一部分是语法，后一部分是练习。练习上面都注明了相应的语法章节。做练习时，先要自己读那些语法，教授并不讲解，一上课就翻译那些练习。第二学期开始念《摩诃婆罗多》中的《那罗传》。听说，欧美许多大学都是用这种方式。到了高年级，梵文课就改称Seminar，由教授选一部原著，学生课下准备，上堂就翻译。新疆出土的古代佛典残卷，也是在Seminar中读的。这种Seminar制看似平淡无奇，实际上是训练学生做研究工作的一个最好的方式。比如，读古代佛典残卷时就学习了怎样来处理那些断简残篇，怎样整理，怎样阐释，连使用的符号都能学到。

至于巴利文，虽然是一门独立的课程，但教授根本不讲，连最基本的语法也不讲。他只选一部巴利文的佛经，比如《法句经》之类，一上堂就念原书，其余的语法问题，梵巴音变规律，词汇问题，都由学生自己去解决。

念到第三年上，我已经拿到了博士论文的题目，此时第二次世界大战已经正式爆发。我的教授被征从军。他的前任Prof. E. Sieg老教授又出来承担授课的任务。当时他已经有七八十岁了，但身体还很硬朗，人也非常和蔼可亲，简直像一个老祖父。他对上课似乎非常感兴趣。一上堂，他就告诉我，他平生研究三种东西：《梨俱吠陀》、古代梵文语法和吐火罗文，他都要教给我。他似乎认为我一定同意，连征求意见的口气都没有，就这样定下来了。

我想在这里顺便谈一点感想。在那极"左"思潮横行的年代里，把世间极其复杂的事物都简单化为一个公式：在资产阶级国家里学习过的人或者没有学习过的人，都成了资产阶级。至于那些国家的教授更不用说了。他们教什么东西，宣传什么东西，必定有政治目的，具体地讲，就是侵略和扩张。他们决不会怀有什么好意的。Sieg 教我这些东西也必然是为他们的政治服务的，为侵略和扩张服务的。帝国主义的侵略扩张政策，谁也否认不掉。但是不是他们的学者在任何时间任何地方都为这个政策服务呢？我以为不是这样。像 Sieg 这样的老人，不顾自己年老体衰，一定要把他的"绝招"教给一个异域的青年，究竟为了什么？我当时学习任务已经够重，我只想消化已学过的东西，并不想再学习多少新东西。然而，看了老人那样诚恳的态度，我接受了。他教我什么，我就学什么。而且是全心全意地学。他是吐火罗文世界权威，经常接到外国学者求教的信，比如美国的 Lane 等等。我发现，他总是热诚地罄其所知去回答，没有想保留什么。和我同时学吐火罗文的就有一个比利时教授 W. Couvreur。根据我的观察，Sieg 先生认为学术是人类的公器，多撒一颗种子，这一门学科就多得一点好处。侵略扩张同他是不沾边的。他对我这个异邦的青年奖掖扶植不遗余力。我的博士论文和口试的分数比较高，他就到处为我张扬，有时甚至说一些夸大的话。在这一方面，他给了我极大的影响。今天我也成了老人，我总是想方设法，为年轻的学者鸣锣开道。我觉得，只要我能做到这一点，我就算是对得起 Sieg 先生了。

我跟 Sieg 先生学习的那几年，是我一生挨饿最厉害，躲避空袭最多，生活最艰苦的几年。但是现在回忆起来却是最甜蜜的几年。甜蜜在何处呢？就是能跟 Sieg 先生在一起。到了冬天，大雪载途，黄昏早至。下课以后，我每每扶 Sieg 先生踏雪长街，送他回家。此时山林皆白，雪光微明，十里长街，寂寞无人。心中又凄清，又温暖。此情此景，终生难忘。

1946 年我回国以后，当了外语教员。从表面上来看，我自己的外语学习任务已经完成了。但是实际上，并不是这个样子。对于语言，包括外国语言和自己的母语在内，学习任务是永远也完成不了的。真正有识之士都会知道，对于一种语言的掌握，从来也不会达到绝对好的程度，水平都是相对的。据说莎士比亚作品里就有不少的语法错误，我们中国过去的文学家、哲学家、史学家、诗人、词客等等，又有哪一个没有病句呢？现代当代的著名文人又有哪一个写的文章能经得起语法词汇方面的过细的推敲呢？因此，谁要是自吹自擂，说对语言文字的掌握已达到炉火纯青的程度，这个人不是一个疯子，就是一个骗子。我讲的全是实话，并不是危言耸听。从这个意义上来讲，我学习外语的任务并没有完成。在教学之余，我仍然阅读一些外文的书籍，翻译一些外国的文学作品，还经常碰到一些不懂的或者似懂而实不懂的地方，需要翻阅字典或向别人请教。今天还有一些人，自视甚高，毫无自知之明，强不知以为知，什么东西都敢翻译，什么问题都不在话下，结果胡译乱写，贻害无穷，而自己则沾沾自喜，真不知天下还有羞耻事！

"你学了一辈子外语，有什么经验和教训呢？"我仿佛听到有人这样问。经验和教训，都是有的，而且还不少。

我自己常常想到，学习外语，在漫长的学习过程中，到了一定的时期，一定的程度，眼前就有一条界线，一个关口，一条鸿沟，一个龙门。至于是哪一个时期，这就因语言而异，因人而异。语言的难易不同，而且差别很大；个人的勤惰不同，差别也很大。这两个条件决定了这一个龙门的远近，有的三四年，有的五六年，一般人学习外语，走到这个龙门前面，并不难，只要泡上几年，总能走到。可是要跳过这龙门，就决非易事。跳不跳过有什么差别呢？差别有如天渊。跳不过，你对这种语言就算是没有登堂入室。只要你稍一放松，就会前功尽弃，把以前学的全忘掉。你勉强使用这种语言，这个工具你也掌握不了，必然会出许多笑话，贻笑大方。总之你这一条鲤鱼终归还是一条鲤鱼，说不定还会退化，你决变不成龙。跳过了龙门呢？则你已经不再是一条鲤鱼，而是一条龙。可是要跳过这个龙门又非常难,并不比鲤鱼跳龙门容易,必须付出极大的劳动,表现出极大的毅力,坚忍不拔,锲而不舍,才有跳过的希望。做任何事情都有类似的情况。书法、绘画、篆刻、围棋、象棋、打排球、踢足球、体操、跳水等等,无不如此。这一点必须认清。跳过了龙门,你对你的这一行就有了把握,有了根底。专就外语来说,到了此时,就不大容易忘记,这一门外语会成为你得心应手的工具。当然,即使达到这个程度,仍然要继续努力,决不能掉以轻心。

学习外语,同学习一切东西一样,必须注重方法。我们过去尝试过许多教学外语的方法,都取得过一定的成绩。这一点必须承认。但是我们决不能迷信方法,认为方法万能。我认为,最可靠的不是方法,而是个人的勤学苦练,发挥主观能动性。这个道理异常清楚。各行各业,莫不如此。过去有人讲笑话,说除臭虫最好的办法不是这药那药,而是"勤捉"。其中有朴素的真理。

我学习外国语言,已经有六十多年的历史了。如今我已经到了垂暮之年,回顾这六十多年的历史,心里真是感慨万端。我学了不少的外国语言,但是现在应用起来自己比较有把握的却不太多。我上面讲到跳龙门的问题,好多语言,我大概都没有跳过龙门。连那几种比较有把握的,跳到什么程度，自己心中也没有底。想要对今天学外语的年轻人讲几句经验之谈，想来想去，也只有勤学苦练一句，这真是未免太寒碜了。然而事实就是这个样子，这真叫做没有办法。学什么东西都要勤学苦练。这个真理平凡到同说每个人只要活着就必须吃饭一样。你不说，人家也会知道。然而它毕竟还是真理。你能说每个人必须吃饭不是真理吗？问题是如何贯彻这个真理。我只希望有志于掌握外语的年轻人说到做到。每个人到了一定的阶段，都能跳过龙门去。我们祖国今天的建设事业要求尽量多的外语人材，而且要求水平尽量高的。希望我们大家共同努力，达到这个神圣的目的。

1986 年 9 月 12 日写完

漫谈古书今译

弘扬祖国优秀文化的口号一经提出，立即受到了全国人民和全世界华人，甚至一些外国友人的热烈响应。在这里，根本不存在民族情绪的问题。这个口号是大公无私的。世界文化是世界上各民族共同创造的，而中华文化则在世界文化中占有重要的地位。想求得人类的共同进步，必须弘扬世界优秀文化。想弘扬世界优秀文化，必须在弘扬所有民族的优秀文化的同时，重点突出中华文化。不这样做，必将事倍而功半，南辕而北辙。

弘扬中华优秀文化，其道多端，古书今译也是其中之一。因此，我赞成古书今译。

但是，我认为，古书今译应该有个限度。

什么叫"限度"呢？简单明了地说，有的古书可以今译，有的难于今译，有的甚至不可能今译。

今译最重要的目的是，把原文的内容含义尽可能忠实地译为白话文，以利于人民大众阅读。这一点做起来，尽管也有困难，但还比较容易。有一些书，只译出内容含义，目的就算是达到了，对今天的一般读者来说，也就够了。但是，有一些古书，除了内容含义之外，还有属于形式范畴的文采之类，这里面包括遣词、造句、词藻、修饰等等。要想把这些东西译出来，却非常困难，有时甚至是不可能的。在古书中，文采占有很重要的地位。对文学作品来说，不管内容含义多么深刻，如果没有文采，在艺术性上站不住，也是不能感动人的，也或许就根本传不下来，例如《诗经》、《楚辞》、汉魏晋南北朝的赋、唐诗、宋词、元曲等，这些作品，内容与形式高度统一，思想性与艺术性高度结合，只抽出思想加以今译，会得到什么样的效果呢？

我们古人阅读古书，是既注意到内容，也注意到形式的，例如唐代大文学家韩愈在《进学解》中所讲的："上规姚姒，浑浑无涯；周《诰》殷《盘》，佶屈聱牙；《春秋》谨严，左氏浮夸；《易》奇而法，《诗》正而葩；下逮《庄》《骚》，太史所录；子云相如，同工异曲。先生之于文，可谓闳其中

177

而肆其外矣。"这里面既有思想内容方面的东西，也有艺术修词方面的东西。韩昌黎对中国古代典籍的观察，是有典型意义的。这种观察也包含着他对古书的要求。他观察到的艺术修词方面的东西、文章风格方面的东西，是难以今译的。如果把王维、孟浩然等的只有短短 20 个字的绝句译成白话文，我们会从中得到一个什么样的意境呢？至于原诗的音乐性，更是无法翻译了。

这就是我所说的"限度"。不承认这个限度是不行的。

今译并不是对每一个读者都适合的。对于一般读者，他们只需要懂得古书的内容，读了今译，就能满足需要了。但是，那些水平比较高的读者，特别是一些专门研究古典文献的学者，不管是研究古代文学、语言，还是研究哲学、宗教，则一定要读原文，决不能轻信今译。某些只靠今译做学问的人，他们的研究成果不应该受到我们的怀疑吗？

西方也有今译，他们好像是叫做"现代化"，比如英国大诗人乔叟的《坎特伯雷故事集》，就有现代化的本子。这样的例子并不多见。他们古书不太多，可能没有这个需要。

中国古代翻经大师鸠摩罗什有几句常被引用的名言："天竺国俗，甚重文制，其宫商体韵以入弦为善。……但改梵为秦，失其藻蔚，虽得大意，殊隔文体，有似嚼饭与人，非徒失味，乃令呕哕也。"我认为，这几句话是讲得极其中肯、极其形象的，值得我们好好玩味。

  总之，我赞成今译，但必有限度，不能一哄而起，动辄今译。我们千万不要做嚼饭与人、令人呕吐的工作。

1991 年 12 月 11 日

漫谈吐火罗文

吐火罗文,对一般中国读者来说,恐怕还是非常陌生的。

这是中国新疆古代的一种民族语言,唐代高僧玄奘《大唐西域记》中曾讲到这种语言;但是究竟是什么样子,没有人知道。直到本世纪初,德国人在新疆考古,才从地下挖掘出这种语言的残卷,是用波罗米字母写在纸上的。经德国学者长期探索研究,终于能读通。这种语言有两种方言:一在东,名之为吐火罗文A,或称焉耆语;一在西,名之为吐火罗文B,或称龟兹语。两者基本相似,词汇和语法变化都有点差异,实为同一种语言。

按语言系属,它属于印欧语系,与英、德、法、俄、西等文同属一系。印欧语系有两大支派,西方叫 Centum,东方叫Satem。按地理位置，吐火罗文应属东支，但实则属于西支，这就给比较语言学和民族迁移的研究，提出了新问题。搞学术研究的人都知道，没有新问题，或者提不出新问题，则这一门学问就无法进步。仅从这一点来看，吐火罗文的发现，对比较语言学有多么重要的意义，就一清二楚了。

现在讲的比较语言学，实际上仅限于印欧语系诸语言之间的比较研究，印欧语系以外的诸语言还很少涉及。印欧语系比较语言学的传统的研究方法是：以梵文、古希腊文和拉丁文为基础，然后再分别研究对比其他同系的语言，从而发现了一些语言演变的规律。原因是上述三种语言比较古老，语法形态变化复杂，容易加以分析。这样的条件，现在已经简化了的语言是不具备的。每次发现一种新的死语言，研究者的目光就扩大一些，语言的比较研究就能够向前推进一大步。赫梯语是这样，吐火罗文也是这样。

吐火罗文既然发现在中国境内，对中国学术研究必有影响。但因汉文不属于印欧语系，所以影响就不表现在语言比较上，而表现在其他方面，首先是文学和宗教信仰方面。

先谈文学方面。十几年来，我受新疆博物馆的委托，从事解读1975年在新疆新出土的一部吐火罗文A残卷的工作。经我确定，这一部书名叫《弥勒会见记剧本》，原文是印度文——不知是否是梵文——由印度文译为吐火罗文，又从吐火罗文译为回鹘文。我是依靠回鹘文译本才得以读通了吐火罗文残卷44张、88页中的绝大部分，这对于世界上吐火罗文的研究是一个颇大的贡献。现在世界上通吐火罗文的学者极少，而中国则更少。我们自己的古代民族语言要由外国学者来研究，虽然学术研究不应有国界的限制，但这情况也非正常之事，亡羊补牢，犹未为晚，我国中青年学者尚须努力以矫正之。

吐火罗文《弥勒会见记剧本》，自称为剧本，从形式上是看不出来的。中国古代戏曲乐舞产生极早，先秦已有，历世不衰。但剧本的出现则比较晚，远远晚于古代印度和希腊，其中原委尚不十分清楚。不过西域戏曲乐舞影响中国内地，也已有极长的历史。新疆地区是世界上文化汇流的地区，印度和其他西域国家的戏曲乐舞，新疆几乎都有。从这里流入中国内地，是顺理成章之事。《弥勒会见记剧本》对研究这方面的问题提供了比较好的资料，将来再写《中国戏曲史》，必须注意。

至于宗教方面的影响，则剧名本身就已提供了线索。在佛教教义中，弥勒是未来佛，在印度，在中亚，在新疆，在中国内地，对弥勒佛的信仰广泛流传。中国佛寺中几乎是不可缺少的大肚子弥勒佛，是中国人所习见的。不管是不是佛教徒，对这一位"大肚能容，容天下难容之事；笑口常开，笑世间可笑之人"的佛像无不怀有好感。

吐火罗文《弥勒会见记剧本》只不过是一个例子，其余可供研究的资料还多得很，有志于此的中国学者大有用武之地。

1997 年 3 月 25 日

学外语

一

现在全国正弥漫着学外语的风气,学习的主要是英语,而这个选择是完全正确的。因为英语实际上已经成了一种世界语。学会了英语,几乎可以走遍天下,碰不到语言不通的困难。水平差的,有时要辅之以一点手势。那也无伤大雅,语言的作用就在于沟通思想。在一般生活中,思想决不会太复杂的。懂一点外语,即使有点洋泾浜,也无大碍,只要"老内"和"老外"的思想能够沟通,也就行了。

学外语难不难呢?有什么捷径呢?俗话说:"天下无难事,只怕有心人。"所谓"有心人",我理解,就是有志向去学习又肯动脑筋的人。高卧不起，等天上落下馅儿饼来的人是绝对学不好外语的，别的东西也不会学好的。

至于"捷径"问题，我想先引欧洲古代大几何学家欧几里德（也许是另一个人，年老昏聩，没有把握）对国王说："几何学里面没有御道！""御道"，就是皇帝走的道路。学外语也没有捷径，人人平等，都要付出劳动。市场卖的这种学习法、那种学习法，多不可信。什么方法也离不开个人的努力和勤奋。这些话都是老生常谈，但是，说一说决不会有坏处。

根据我个人经验，学外语学到百分之五六十，甚至七八十，也并不十分难。但是，我们不学则已，要学就要学到百分之九十以上，越高越好。不到这个水平你的外语是没有用的，甚至会出漏子的。我这样说，同上面讲的并不矛盾。上面讲的只是沟通简单的思想，这里讲的却是治学、译书、做重要口译工作。现在市面上出售为数不太少的译本，错误百出，译文离奇。这些都是一些急功近利、水平极低而又懒得连字典都不肯查的译者所为。说句不好听的话，这些都是假冒伪劣产品，应该归入严打之列的。

我常有一个比喻：我们这些学习外语的人，好像是一群鲤鱼，在外语的龙门下洑游。有天资肯努力的鲤鱼，经过艰苦的努力，认真钻研，锲而不舍，一不耍花招，二不找捷径，有朝一日风雷动,一跳跳过了龙门,从此变成了一条外语的龙,他就成了外语的主人,外语就为他所用。如果不这样做的话,则在龙门下游来游去,不肯努力,不肯钻研,就是游上一百年,他仍然是一条鲤鱼。如果是一条安分守己的鲤鱼,则还不至于害人。如果不安分守己,则必然堕入假冒伪劣之列,害人又害己。

做人要老实,学外语也要老实。学外语没有什么万能的窍门。俗语说:"书山有路勤为径,学海无涯苦作舟。"这就是窍门。

二

前不久,我写过一篇《学外语》,限于篇幅,意犹未尽,现在再补充几点。

学外语与教外语有关,也就是与教学法有关,而据我所知,外语教学法国与国之间是不相同的,仅以中国与德国对比,其悬殊立见。中国是慢吞吞地循序渐进,学了好久,还不让学生自己动手查字典,读原著。而在德国,则正相反。据说19世纪一位大语言学家说过:"学外语有如学游泳,把学生带到游泳池旁,一一推下水去;只要淹不死,游泳就学会了,而淹死的事是绝无仅有的。"我学俄文时,教师只教我念了念字母，教了点名词变化和动词变化，立即让我们读果戈理的《鼻子》，天天拼命查字典，苦不堪言。然而学生的主动性完全调动起来了。一个学期，就念完了《鼻子》和一本教科书。实践是检验真理的唯一标准，德国的实践证明，这样做是有成效的。在那场空前的灾难中，当我被戴上种种莫须有的帽子时，有的"革命小将"批判我提倡的这种教学法是法西斯式的方法，使我欲哭无泪，欲笑不能。

我还想根据我的经验和观察在这里提个醒：那些已经跳过了外语龙门的学者们是否就可以一劳永逸地吃自己的老本呢？我认为，这吃老本的思想是非常危险的。一个简单的事实往往为人们所忽略，世界上万事万物无不在随时变化，语言何独不然！一个外语学者，即使已经十分纯熟地掌握了一门外语，倘若不随时追踪这一门外语的变化，有朝一日，他必然会发现自己已经落伍了，连自己的母语也不例外。一个人在外国待久了，一旦回到故乡，即使自己"乡音未改"，然而故乡的语言，特别是词汇却有了变化，有时你会听不懂了。

我讲点个人的经验。当我在欧洲待了将近十一年回国时，途经西贡和香港，从华侨和华人口中听到了"搞"这个字和"伤脑筋"这个词儿，就极使我"伤脑筋"。我去国之前没有听说过。"搞"字是一个极有用的字,有点像英文的do。现在"搞"字已满天飞了。当我在20世纪80年代重访德国时,走进了饭馆,按照四五十年前的老习惯,呼服务员为hever ofer,他瞠目以对。原来这种称呼早已被废掉了。

因此,我就想到,不管你今天外语多么好,不管你是一条多么精明的龙,你必须随时注意语言的变化,否则就会出笑话。中国古人说:"学如逆水行舟,不进则退。"要时刻记住这句话。我还想建议:今天在大学或中学教外语的老师,最好是每隔五年就出国进修半年,这样才不至为时代抛在后面。

三

前不久,我在《夜光杯》上发表了两篇谈学习外语的千字文,谈了点个人的体会,卑之无甚高论,不意竟得了一些反响。有的读者直接写信给我,有的写信给《夜光杯》的编辑。看来非再写一篇不行了。我不可能在一篇短文中答复所有的问题,我现在先对上海胡英琼同志提出的问题说一点个人的意见,这意见带有点普遍意义,所以仍占《夜光杯》的篇幅。

我在上述两篇千字文中提出的意见,归纳起来,不出以下诸端:第一,要尽快接触原文,不要让语法缠住手脚,语法在接触原文过程中逐步深化。第二，天资与勤奋都需要，而后者占绝大的比重。第三，不要妄想捷径，外语中没有"御道"。

学习了英语再学第二外语德语，应该说是比较容易的。英语和德语同一语言系属，语法前者表面上简单，熟练掌握颇难；后者变化复杂，特别是名词的阴、阳、中三性，记得极为麻烦，连本国人都头痛。背单词时，要连同词性 der、die、das 一起背，不能像英文那样只背单词。发音则英文极难，英文字典必须使用国际音标。德文则一字一音，用不着国际音标。

学习方法仍然是我讲的那一套：尽快接触原文，不惮勤查字典，懒人是学不好任何外语的，连本国语也不会学好。胡英琼同志的具体情况和具体要求，我完全不清楚。信中只谈到德文科技资料，大概胡同志目前是想集中精力攻克这个难关。

我想斗胆提出一个"无师自通"的办法，供胡同志和其他读者参考。你只需要找一位通德语的人，用上二三个小时，把字母读音学好。从此你就可以丢掉老师这个拐棍，自己行走了。你找一本有可靠的汉文译文的德文科技图书，伴之以一本浅易的德文语法。先把语法了解个大概的情况，不必太深入,就立即读德文原文,字典反正不能离手,语法也放在手边。一开始必然如堕入五里雾中。读不懂,再读,也许不止一遍两遍。等到你认为对原文已经有了一个大概的了解,为了验证自己了解的正确程度,只是到了此时,才把那一本可靠的译本拿过来,看看自己了解得究竟如何。就这样一页页读下去,一本原文读完了,再加以努力,你慢慢就能够读没有汉译本的德文原文了。

科技名词,英德颇有相似之处,记起来并不难,而且一般说来,科技书的语法都极严格而规范,不像文学作品那样不可捉摸。我为什么再三说"可靠的"译本呢?原因极简单,现在不可靠的译本太多太多了。

1997 年 3 月 27 日

我与东方文化研究

我曾在很多地方都说过,在清人所分的三门学问:义理、辞章、考据中,我最不擅长、最不喜欢的是义理,大体上相当于今天的所谓"哲学"。堂而皇之的理由是不多的,我只不过觉得义理这玩意儿太玄秘,太抽象,恍兮惚兮,其中无象,颇有点"公说公有理,婆说婆有理"的味道。为禀赋所限,我喜欢能摸得着看得见的实打实的东西,那种有一千个哲学家就有一千条真理的情况,我的脑筋跟不上。

可是,万万没有想到,我到了耄耋之年,竟然"老夫聊发少年狂",侈谈起了东方文化,谈起了东西方文化的同与异。实际上,这都是属于义理的范畴内的东西,为我以前所不敢谈、所不愿谈者。个中原因,颇有可得而言之者。

我虽然专门从事语言考证以及文化交流的研究工作，但必然会与文化现象有所接触。久而久之，我逐渐隐约感到东方文化确有其特点，东西文化确有其差异之处。适在这同时，我读到了钱宾四（穆）先生的生平最后的一篇文章，我顿有所悟，立即写成了一篇文章《"天人合一"新解》，就发表在本刊上。这篇顿悟之作，颇受到学术界（中外皆有）的关注。同时我又进一步阅读和思考，又写成了《关于"天人合一"思想的再思考》。这时我对东西文化不同之处认得更具体更深入了。而阅读的结果也越来越多地证实了自己的想法。例子太多，不能多举。我只举两个，以概其余。一个是古代的而且是外国的，这就是法国学者（原伊朗裔）阿里·玛扎海里的《丝绸之路——中国波斯文化交流史》。这里面讲到，在阿拉伯和波斯（今伊朗）一带，曾经流传着一种说法：希腊人有一只眼睛，而中国人则有两只眼睛。希腊人只有理论，而中国人有技术。中国人有技术，此话不假。但如果说中国没有理论，则不符事实。这且不去讲。古希腊可以说是西方文化的代表，而中国则是东方文化的代表。阿拉伯和波斯一带的人，在那样早的时候，就已经看出了东西文化的差异，真不能不令人钦佩其远见卓识。

另一个例子是当前中国的。大数学家吴文俊教授在他为

《九章算术》所写的序中提到，在数学方面，中西是颇有不同的。西方古代从公理出发，而中国数学则从问题出发。连在自然科学的基础的数学上，中西都有差异，遑论其他！我们不能不佩服吴文俊先生的远见卓识。

上面两个例子，一个是古代外国的，一个是当前中国自然科学的。这样两个例子都与我们今天的东西文化的讨论或者争论似无关联，然而结论却如此一致，你能说这是偶然的巧合吗？这岂不值得我们深思吗？

其他真正与文化或中西文化有关的言论，比比皆是，中国有，外国也有。而且在中国近现代史上，有关中西文化的大辩论是有过多次的；虽然都没有得到完全一致的结论，但中西文化有差异，则系不容否定之事实。剩下的问题就是：中西文化之差异究竟何在这一个关键问题了。

上面叙述的过程，在不知不觉中，对我起了作用。它逐渐把我从搞考据的轻车熟路上吸引了出来，走到了另一条以前绝对想不到的侈谈义理之学的道路上来。俗话说："一瓶子醋不响，半瓶子醋晃荡。"在义理之学方面，我是一个"半瓶醋"，这是丝毫也无可怀疑的，但是我有一个好胡思乱想的天性，是优点？是缺点？姑置不论，反正我的"乱想"现在就一变而为"乱响"了。

我想到的问题很多，这几年在许多文章中和座谈会上，我都讲到过。约略言之，可以有以下诸端，性质不同，但都与东西文化有某些关联：第一，汉语语法的研究必须改弦更张。第二，中国通史必须重写。第三，中国文学史必须重写。第四，中国文艺理论必须使用中国国有的术语，采用同西方不同的判断方法，这样才能在国际学坛上发出声音。第五，中国美学研究必须根本"转型"。第六，我认为，西方的基本思维模式是分析的，而中国或其他东方国家的则是综合的。第七，西方处理人与大自然的关系的"征服"手段是错误的；中国的"天人合一"的观点是正确的。第八，西方的科学技术，在为世界人民谋福利的同时，产生了众多的弊端甚至灾害。现在如仍不悬崖勒马，则人类生存的前途必受到威胁。第九，东方文化与西方文化的关系是"三十年河东，三十年河西"。这一切还仅仅只能算是荦荦大者。你看，这些重重怪论，累累奇思，怎能不引起人们的关注？我这个半瓶醋岂非过分狂妄不自量力了吗？我决无意哗众取宠，我多年的胡思乱想让我不得不写。不管别人如何骇怪，我则深信不疑。

在骇异声中，赞同我的看法者有之，反对我的看法者有之，不知是赞同还是反对者亦有之。对于这些必然会出现的反应，我一律泰然处之。赞同者我当然会喜，反对者我决不会怒。我曾编选过两册《东西文化议论集》，收入我主编的大型丛书《东方文化集成》中。我曾为该书写过一篇序，说明了我的想法。我不称此书为"辩论集"，也不称之为"争论集"，而只称之为"议论集"，意思就是我在该书序中所说的："我认为，居今而谈21世纪，不是一个理论问题，而是一个文学创作问题，创作的就是'畅想曲'。我们大家都不妨来畅想一下，以抒发思未来之幽情，共庆升平。"我曾拿京剧《三岔口》来作比喻，在舞台上，刀光剑影，发出森森的寒光，但是你打你的，我打我的，谁也碰不着谁，谁也用不着碰谁。这是一个有待于21世纪历史进程来证明的历史问题。在21世纪还没有来临的这一块匾下，我们大家都是猜匾上字的近视眼，谁也不敢说匾上究竟是什么字。

最近我在上海《新民晚报》"夜光杯"上发表了一篇短文《真理愈辨愈明吗？》。这个题目就告诉人们，我是不相信真理越辨或者越辩越明的。常见辩论者双方，最初还能摆事实，讲道理，尚能做到语有伦次。但是随着辩论激烈程度的提高，个人意气用事的情况也愈益显著，终于辩到了最后，人身攻击者有之，强词夺理者有之，互相谩骂者有之，辩论至此，真理宁论！哪里还谈到越辩越明呢？

我在《东西文化议论集》中先把我自己的看法鲜明地摆

出来，然后收入赞成我的看法的文章，反对我的看法的文章，只要能搜罗到，我都照收不误。我的意思是让读者自己去辨曲直，明是非。读者是有这个能力的。

我在这里想顺便澄清一个问题。在《西方不亮东方亮》那一篇发言中，我讲到了，有人告诉我说有的学者认为，搞国学就是想反对马克思主义，而且说文章就发表在《哲学研究》某一期上，言之凿凿，不由得我不信。我没有去查阅《哲学研究》。如果上面没有刊登过这样的文章的话，我向《哲学研究》表示歉意。说句老实话，即使有人这样主张，也只能说是"百家争鸣"中的一家，算不得"大逆不道"。每个人有发表自己意见的权利，别人阻挡不得，当然，我也有骇怪的权利，别人也阻挡不得。至于"西方不亮东方亮"那一个观点，我仍然坚持不放。

"我与东方文化研究"，想要写下去的话，还是大有话可说的，限于时间，先就写这样多吧。我还有两点要补充或者说明一下。第一是一点希望，希望不同意我的看法的学者们，要多读一点我写的东西，不要看了我一篇文章，对其中的要领并不完全清楚，也许是我没有完全说清楚，就立即反驳，或者要与我"商榷"。这有点失之过急，让我读了啼笑皆非。还有一点是，我的一些说法，看起来不管多么新奇，都是先有人说过的。我决不敢立即到专利局去申请专利。希望某一些反对我的某一些看法的学者眼光放远一点，书要多读一点，不要急于把"荣誉"或者谴责都一股脑堆到我身上。

侈谈东西方文化，已经颇有些年头了，这违反我的天性，已如上述。但是既然已经走上了这一条路，我还要走下去的。特别是对东西文化之差异处，我仿佛害了"差异狂"，越看越多。没有办法，事实告诉我是这样，我只有这样相信，我这个"半瓶醋"晃荡了这样许多年，醋是否减少了一点，或者增加了一点呢？我看不出。我只是相信，如果醋增加到了装满了瓶子，那就没有晃荡的余地，想晃荡也不会出声。反之，如果醋减少到了一滴不剩，那么，瓶子里只剩下了空气，同样是不能出声。我看而且也希望，我这个"半瓶醋"，永远保留半瓶，给永远晃荡下去提供条件和基础。

1997 年 12 月 16 日

封笔问题

旧日的学者,活到了一定的年龄,觉得自己精力不济了,写作有困难了,于是就宣布封笔。封笔者,把笔封起来,不再写作之谓也。

到了什么年龄,封笔最恰当?各个人、各个时代都不同。大抵时代越近,封笔越晚。这与人们寿命的长短有关。唐代的韩愈到了50岁,就哀叹而发苍苍,而视茫茫,而齿牙摇动。看样子已经到了该封笔的时候了。

我脑筋里还残留着许多旧东西,封笔就是其中之一。我现在虽然真正达到了耄耋之年,但是,我自己曾在脑袋中做过一次体检,结果是非常完满。小毛病有点,大毛病没有。岂止于米,相期以茶,对我来说,决不是一句空话。在这样的情况下,封笔的想法竟然还在脑筋里蠢蠢欲动,岂不是笑话!

我不能封笔。

再环顾一下我们的生活环境。从全世界来看,中国的崛起已成定局,谁也阻挡不住。十几年前,我就根据我了解的那一点地缘政治的知识,大胆地做了一个预言:21世纪是中国的世纪。虽然遭到了不少人的反对,我却坚持如故,而且信心日增,而且证据日多。

总之,从全世界形势来看,对中国来说是一个伟大的时代。

我怎么能封笔!

再从我们身边的生活来看,也会看到空前未有的情况。我们的行政领导人是完全可以信赖的。我们真可以说是政通人和、海晏河清。

我不能封笔。

像我这样的老知识分子,差不多就是文不如司书生,武不如救火兵。手中可以耍的只有一支笔杆子。我舞笔弄墨已有七十来年的历史了,虽然不能说一点东西也没有舞弄出来,但毕竟不能算多。我现在自认还有力量舞弄下去。我怎能放弃这个机会呢?

我不能封笔。

这就是我的结论。

04 坐拥书城意未足

坐拥书城意未足

古今中外都有一些爱书如命的人。我愿意加入这一行列。

书能给人以知识,给人以智慧,给人以快乐,给人以希望。

我爱书如故,至今藏书已经发展到填满了几间房子。除自己购买以外,赠送的书籍越来越多。我究竟有多少书,自己也说不清楚。比较起来,大概是相当多的。搞抗震加固的一位工人师傅就曾多次对我说:这样多的书,他过去没有见过。学校领导对我额外加以照顾,我如今已经有了几间真正的书斋,那种卧室、书斋、会客室三位一体的情况,那种"初极狭,才通人"的"桃花源"的情况,已经成为历史陈迹了。

有的年轻人看到我的书,吃惊地瞪大了眼睛问我:"这些书你都看过吗?"我坦白承认,我只看过极少极少的一点。

"那么，你要这么多书干吗呢？"这确实是难以回答的问题。我没有研究过藏书心理学，三言两语，我说不清楚。我相信，古今中外爱书如命者也不一定都能说清楚。即使说出原因来，恐怕也是五花八门的吧。

真正进行科学研究，我自己的书是远远不够的。也许我搞的这一行有点怪。我还没有发现全国任何图书馆能满足，哪怕是最低限度地满足我的需要。有的题目有时候由于缺书，进行不下去，只好让它搁浅。我抽屉里面就积压着不少这样搁浅的稿子。我有时候对朋友们开玩笑说："搞我们这一行，要想有一个满意的图书室简直比搞四化还要难。全国国民收入翻两番的时候，我们也未必真能翻身。"这决非耸人听闻之谈，事实正是这样。同我搞的这一行有类似困难的，全国还有不少。这都怪我们过去底子太薄，解放后虽然做了不少工作，但是一时积重难返。我现在只有寄希望于未来，发呼吁于同行。我们大家共同努力，日积月累，将来总有一天会彻底改变目前这情况的。古人说："前人种树，后人乘凉。"让我们大家都来当种树人吧。

1985 年 7 月 8 日晨

藏书与读书

有一个平凡的真理，直到耄耋之年，我才顿悟：中国是世界上最喜藏书和读书的国家。

什么叫书？我没有能力，也不愿意去下定义。我们姑且从孔老夫子谈起吧。他老人家读《易》，至于韦编三绝，可见用力之勤。当时还没有纸，文章是用漆写在竹简上面的，竹简用皮条拴起来，就成了书。翻起来很不方便，读起来也有困难。我国古时有一句话，叫作"学富五车"，说一个人肚子里有五车书，可见学问之大。这指的是用纸做成的书，如果是竹简，则五车也装不了多少部书。

后来发明了纸。这一来写书方便多了，但是还没有发明印刷术，藏书和读书都要用手抄，这当然也不容易。如果一个人抄的话，一辈子也抄不了多少书。可是这丝毫也阻挡不住藏书和读书者的热情。我们古籍中不知有多少藏书和读书的故事，也可以叫作佳话。我们浩如烟海的古籍，以及古籍中所寄托的文化之所以能够流传下来，历千年而不衰，我们不能不感谢这些爱藏书和读书的先民。

后来我们又发明了印刷术。有了纸，又能印刷，书籍流传方便多了。从这时起，古籍中关于藏书和读书的佳话，更多了起来。宋版、元版、明版的书籍被视为珍品。历代都有一些藏书家，什么绛云楼、天一阁、铁琴铜剑楼、海源阁等等，说也说不完。有的已经消失，有的至今仍在，为我们新社会的建设服务。我们不能不感激这些藏书的祖先。

至于专门读书的人，历代记载更多。也还有一些关于读书的佳话，什么囊萤映雪之类。有人做过试验，无论萤和雪都不能亮到让人能读书的程度，然而在这一则佳话中所蕴含的鼓励人们读书的热情则是大家都能感觉到的。还有一些鼓励人读书的话和描绘读书乐趣的诗句。"书中自有颜如玉"之类的话，是大家都熟悉的，说这种话的人的"活思想"是非常不高明的，不会得到大多数人的赞赏。至于"四时读书乐"一类的诗，也是大家所熟悉的。可惜我童而习之，至今老朽昏聩，只记住了一句"绿满窗前草不除"，这样的读书情趣也是颇能令人向往的。此外如"红袖添香夜读书"之类的读书情趣，代表另一种趣味。据鲁迅先生说，连大学问家刘半农也向往，可见确有动人之处了。"雪夜闭门读禁书"代表的情趣又自不同，又是"雪夜"，又是"闭门"，又是"禁书"，不是也颇有人向往吗？

　　这样藏书和读书的风气，其他国家不能说一点没有，但是据浅见所及，实在是远远不能同我国相比。因此我才悟出了"中国是世界上最爱藏书和读书的国家"这一条简明而意义深远的真理。中国古代光辉灿烂的文化有极大一部分是通过书籍传流下来的。到了今天，我们全体中华儿女如何对待这个问题，实际上是每个人都回避不掉的。我们必须认真继承这个在世界上比较突出的优秀传统，要读书，读好书。只有这样，我们才能上无愧于先民，下造福于子孙万代。

1991 年 7 月 5 日

推荐十种书

一、《红楼梦》

《红楼梦》是古今中外最优秀最杰出的长篇小说。我不谈思想性，因为公说公有理，婆说婆有理，谁也说不清楚，谁也说服不了谁。我只谈艺术性。本书刻画人物达到了出神入化的境界。人物一开口，虽不见其人，但立刻就能知道是谁。在中外文学作品中，实无其匹。

二、《世说新语》

这也是一本奇书。当时清谈之风盛行，但并不是今天的"侃大山"，而要出言必隽永有韵致，言简而意深，如食橄榄，回味无穷。有的话不能说明白，但一经说出，则听者会心，宛如当年灵山会上，世尊拈花，迦叶微笑。

三、《儒林外史》

本书是中国小说中的精品。结构奇特，好像是由一些短篇缀合而成。作者惜墨如金，描绘风光，刻画人物，三言两语，而自然景色和人物性格，便跃然纸上。尤以讽刺见长，作者威仪俨然。不露笑容，讽刺的话则入木三分，令人忍俊不禁。

四、李义山诗

在中国诗中，我同曹雪芹正相反，最喜欢李义山的诗。每个人欣赏的标准和对象，不能强求一律。义山诗词藻华丽，声韵铿锵。有时候不知所言何意，但读来仍觉韵味飘逸，意象生动，有似西洋的 pure poetry（纯诗）。诗不一定都要求懂。诗的词藻美和韵律美直接诉诸人的灵魂。汉诗还有一个字形美。

五、李后主词

李后主的词只有短短几篇。他不用一个典故，但感情真挚，动人心魄。王国维说："后主则俨有释迦基督担荷人类罪恶之意。"言似夸大，我们不能这样要求后主，他也根本不是这样的人。中国历史上多一个励精图治的皇帝，没有多大分量。但是，如果缺一个后主，则中国文学史将成什么样子？

六、《史记》

《史记》是中国第一部通史。但此书真正意义不在史而在文。司马迁说："诟莫大于宫刑。"他满腔孤愤，发而为文，遂成《史记》。时至今日，不可一世的汉武帝，只留得"西风残照，汉家陵阙"，而《史记》则"光芒万丈长"。历史最是无情的。

七、陈寅恪《寒柳堂集》

八、陈寅恪《金明馆丛稿》

陈寅恪先生学贯中西，熔铸今古。他一方面继承和发展了中国乾嘉朴学大师的考据之学，另一方面又继承和发扬了西方近代考据之学，实又超出二者之上。他从不用僻书，而是在人人能读人人似能解的平常的典籍中，发现别人视而不见的问题，即他常说的"发古人之覆"。他这种本领达到了极高明的地步，如燃犀烛照，洞察幽微，为学者所折服。陈先生不仅是考据家，而且是思想家，他对中国文化的理解，实超过许多哲学家。

九、德国 Heinrich Lüders（吕德斯）*Philologica Indica*（《印度语文学》）

在古今中外的学人中，我最服膺，影响我最深的，在中国是陈寅恪，在德国是吕德斯。后者也是考据圣手。什么问题一到他手中，便能鞭辟入里，如剥芭蕉，层层剥来，终至核心，所得结论，令人信服。我读他那些枯燥至极的考据文章，如读小说，成了最高的享受。

十、德国 E. Sieg（西克）、W. Siegling（西克灵）和 W. Schulze（舒尔茨）*Tocharische Grammatik*（《吐火罗语法》）

吐火罗语是一种前所未知的新疆古代民族语言。考古学家发掘出来了一些残卷，字母基本上是能认识的，但是语言结构，则毫无所知。三位德国学者通力协作，经过了二三十年的日日夜夜，终于读通，而且用德国学者有名的"彻底性"写出了一部长达 518 页的皇皇巨著,成了世界学坛奇迹。

1993 年 5 月 29 日

我的书斋

最近身体不太好。内外夹攻,头绪纷繁,我这已届耄耋之年的神经有点吃不消了。于是下定决心,暂且封笔。乔福山同志打来电话,约我写点什么,我遵照自己的决心,婉转拒绝。但一听说题目是《我的书斋》,于我心有戚戚焉,立即精神振奋,暂停决心,拿起笔来。

我确实有个书斋,我十分喜爱我的书斋。这个书斋是相当大的,大小房间,加上过厅、厨房,还有封了顶的阳台,大大小小,共有八个单元。册数从来没有统计过,总有几万册吧。在北大教授中,"藏书状元"我恐怕是当之无愧的。而且在梵文和西文书籍中,有一些堪称海内孤本。我从来不以藏书家自命,然而坐拥如此大的书城,心里能不沾沾自喜吗？

　　我的藏书都像是我的朋友，而且是密友。我虽然对它们并不是每一本都认识，它们中的每一本却都认识我。我每一走进我的书斋，书籍们立即活跃起来，我仿佛能听到它们向我问好的声音，我仿佛能看到它们向我招手的情景。倘若有人问我，书籍的嘴在什么地方？而手又在什么地方呢？我只能说："你的根器太浅，努力修持吧。有朝一日，你会明白的。"

　　我兀坐在书城中，忘记了尘世的一切不愉快的事情，怡然自得。以世界之广，宇宙之大，此时却仿佛只有我和我的书友存在。窗外粼粼碧水，丝丝垂柳，阳光照在玉兰花的肥大的绿叶子上，这都是我平常最喜爱的东西，现在也都视而不见了。连平常我喜欢听的鸟鸣声"光棍儿好过"，也听而不闻了。

　　我的书友每一本都蕴涵着无量的智慧。我只读过其中的一小部分，这智慧我是能深深体会到的。没有读过的那一些，好像也不甘落后，它们不知道是施展一种什么神秘的力量，把自己的智慧放了出来，像波浪似的涌向我来。可惜我还没有修炼到能有"天眼通"和"天耳通"的水平，我还无法接受这些智慧之流。如果能接受的话，我将成为世界上古往今

213

来最聪明的人。我自己也去努力修持吧。

  我的书友有时候也让我窘态毕露。我并不是一个不爱清洁和秩序的人，但因为事情头绪太多，脑袋里考虑的学术问题和写作问题也不少，而且每天都收到大量的寄来的书籍和报刊以及信件，转瞬之间就摞成一摞。在这样的情况下，如果我需要一本书，往往是遍寻不得，"只在此屋中，书深不知处"，急得满头大汗，也是枉然。只好到图书馆去借。等我把文章写好，把书送还图书馆后，无意之间，在一摞书中，竟找到了我原来要找的书，"得来全不费工夫"。然而晚了，工夫早已费过了。我啼笑皆非，无可奈何，等到用另外一本书时，再重演一次这出喜剧。我知道，我要寻找的书友，看到我急得那般模样，会大声给我打招呼的；但是喊破了嗓子，也无济于事，我还没有修持到能听懂书的语言的水平。我还要加倍努力去修持。我有信心，将来一定能获得真正的"天眼通"和"天耳通"。只要我想要哪一本书，那一本书就会自己报出所在之处，我一伸手，便可拿到，如探囊取物。这样一来，文思就会像泉水般地喷涌，我的笔变成了生花妙笔，写出来的文章会成为天下之至文。到了那时，我的书斋里会充满了没有声音的声音，布满了没有形象的形象。我同我的书友们能够自由地互通思想，交流感情。我的书斋会成为宇宙间第一神奇的书斋，岂不猗欤休哉！

　　我盼望有这样一个书斋。

1993 年 6 月 22 日

写文章

当前中国散文界有一种论调,说什么散文妙就妙在一个"散"字上。散者,松松散散之谓也。意思是提笔就写,不需要构思,不需要推敲,不需要锤炼字句,不需要斟酌结构,愿意怎样写就怎样写,愿意写到哪里就写到哪里。理论如此,实践也是如此。这样的"散"文充斥于一些报刊中,滔滔者天下皆是矣。

我爬了一辈子格子,虽无功劳,也有苦劳;成绩不大,教训不少。窃以为写文章并非如此容易。现在文人们都慨叹文章不值钱。如果文章都像这样的话,我看不值钱倒是天公地道。宋朝的吕蒙正让皂君到玉皇驾前去告御状:"玉皇若问人间事,为道文章不值钱。"如果指的是这样的文章,这可以说是刁民诬告。

从中国过去的笔记和诗话一类的书中可以看到,中国过去的文人,特别是诗人和词人,十分重视修辞。这样的例子不胜枚举。杜甫的"语不惊人死不休",是人所共知的。王安石的"春风又绿江南岸"中的"绿"字,是诗人经过几度考虑才选出来的。王国维把这种炼字的工作同他的文艺理想"境界"挂上了钩。他说:"词以境界为最上。"什么叫"境界"呢?同炼字有关是可以肯定的。他说:"'红杏枝头春意闹',著一'闹'字而境界全出。""闹"字难道不是炼出来的吗?

这情况又与汉语难分词类的特点有关。别的国家情况不完全是这样。

上面讲的是诗词,散文怎样呢?我认为,虽然程度不同,这情况也是存在的。关于欧阳修推敲文章词句的故事,过去笔记中多有记载。我现在从《霏雪录》中抄一段:

前辈文章大家,为文不惜改窜。今之学力浅浅者反以不改为高。欧公每为文,既成必自窜易,至有不留初本一字者。其为文章,则书而粘之屋壁,出入观省。至尺牍单简亦必立稿,其精审如此。每一篇出,士大夫皆传写讽诵。

惟睹其浑然天成，莫究斧凿之痕也。

这对我们今天写文章，无疑是一面镜子。

1993 年 12 月 26 日

开卷有益

这是一句老生常谈。如果要追溯起源的话,那就要追到一位皇帝身上。宋王辟之《渑水燕谈录》卷六:

(宋)太宗日阅《(太平)御览》三卷,因事有缺,暇日追补之。尝曰:"开卷有益,朕不以为劳也。"

这一段话说不定也是"颂圣"之辞,不尽可信。然而我宁愿信其有,因为它真说到点子上。

鲁迅先生有时候说:"随便翻翻。"我看意思也一样。他之所以能博闻强记,博古通今,与"随便翻翻"是有密切联系的。

"卷"指的是书,"随便翻翻"也指的是书。书为什么能有这样大的威力呢？自从人类创造了语言，发明了文字，抄成或印成了书，书就成了传承文化的重要载体。人类要生存下去，文化就必须传承下去，因而书也就必须读下去。特别是在当今信息爆炸的时代中，我们必须及时得到信息。只有这样，人才能潇洒地生活下去，否则将适得其反。信息怎样得到呢？看能得到信息，听也能得到信息，而读书仍然是重要的信息源，所以非读书不可。

什么人需要读书呢？在将来人类共同进入大同之域时，人人都一定要而且肯读书的，以此为乐，而不以此为苦。在眼前，我们还做不到这一步。"四人帮"说：读书越多越反动。此"四人帮"之所以为"四人帮"也。我们可以置之不理。如今有个别的"大款"，也同刘邦和项羽一样，是不读书的。不读书照样能够发大财。然而，我认为，这只是暂时的现象，相信不久就会改变。传承文化不能寄希望于这些人身上，而只能寄托在已毕业或尚未毕业的大学生身上。他们是我们的希望，他们代表着我们的未来。大学生肩上的担子重啊！他们任重而道远。为了人类的继续生存，为了前对得起祖先，后对得起子孙，大学生（当然还有其他一些人）必须读书。这已是天经地义，无须争辩。

根据我同北京大学学生的接触和我对他们的观察，绝大多数的学生还是肯读书的。他们有的说，自己感到迷惘，不知所从。他们成立了一些社团，共同探讨问题，研究人生，对人生的意义与价值怀有兴趣。他们甚至想探究宇宙的奥秘。他们是肯思索的一代人，是可以信赖的极为可爱的一代年轻人。同他们在一起，我这个望九之年的老人也仿佛返老还童，心里溢满了青春活力。说这些青年不肯读书，是不符合实际情况的。

读什么样的书呢？自己专业的书当然要读，这不在话下。自己专业以外的书也应该"随便翻翻"，知识面越广越好，得到的信息越多越好，否则很容易变成鼠目寸光的人。鼠目寸光不但不利于自己专业的探讨，也不利于生存竞争，不利于自己的发展，最终为大时代所抛弃。

因此，我奉献给今天的大学生们一句话：开卷有益。

1994 年 4 月 5 日

文章的题目

文章是广义的提法，细分起来，至少应该包括这样几项：论文、专著、专题报告等等。所有的这几项都必须有一个题目，有了题目，才能下笔做文章，否则文章是无从写起的。

题目是从哪里来的呢？这不出两端，一个是别人出，一个是自己选。

过去一千多年的考试，我们现在从小学到大学的作文，都是老师或其他什么人出题目，应试者或者学生来写文章。封建社会的考试是代圣人立言，万万不能离题的，否则不但中不了秀才、举人或进士，严重的还有杀头的危险。至于学术研究，有的题目由国家领导部门出题目，你根据题目写成研究报告。也有的部门制订科研规划，规划上列出一些题目，供选者参考。一般说来，选择的自由不大。20世纪50年代，我也曾参加过制订社会科学规划的工作，开了不知多少会，用了不知多少纸张，费了不知多少人力，规划终于制订出来了。但是，后来就没有多少人过问，仿佛是"为规划而规划"。

以上都属于"别人出"的范畴。

至于"自己选"，表面上看起来是比较自由的。然而实际上也不尽然，有时候也要"代圣人立言"。就是你自己选定的题目，话却不一定都是自己的，自己的话也不一定能尽情吐露。于是产生了一种特殊的"八股"，只准说一定的话，话只准说到一定的程度。中外历史都证明，只有在真正"百家争鸣"的时代，学术才真能发展。

特别是有一种倾向危害最大。年纪大一点的学术研究者都不会忘记，过去有很长的一段时间，有某一些人大刀阔斧地批判"从杂志缝里找文章"的做法。这些人大概从来不看学术杂志，从来也写不出有新见解的文章，只能奉命唯谨，代圣人立言。

稍懂学术研究的人都会知道，学术上的新见解总是最先发表在杂志上的论文，进入学术专著，多半是比较晚的事情了。每一位学者都必须尽量多地尽量及时地阅读中外有关的杂志。在阅读中，认为观点正确，则心领神会。认为不正确，

223

则自己必有自己的想法。阅读既多，则融会贯通，逐渐形成了自己的新见解，发而为文，对自己这一门学问会有所推动。这就是从杂志缝里找文章。我现在发现，有颇为不少的"学者"从来不或至少很少阅读中外学术杂志。他们不知道自己这一门学问发展的新动向，也得不到创新的灵感，抱残守缺，鼠目寸光，抱着几十年的老皇历不放，在这样的情况下，焉能写出好文章！我们应当经常不断地阅读中外杂志，结合随时出现的新问题和新情况，一心一意地从杂志缝里找文章。

1997 年 3 月 31 日

作文

一

当年,我还是学生时,从小学到大学,都有"国文"一门课,现在似乎是改称"语文"了。国文课中必然包括作文一项,由老师命题,学生写作。然后老师圈点批改,再发还学生,学生细心揣摩老师批改处,总结经验,以图进步。大学或其他什么学一毕业,如果你当了作家,再写作,就不再叫作文,而改称写文章,高雅得多了。

作文或写文章有什么诀窍吗?据说是有的。旧社会许多出版社出版了一些"作文秘诀"之类的书,就是瞄准了学生的钱包,立章立节,东拼西凑,洋洋洒洒,神乎其神,实际上是一派胡言乱语，谁要想从里面找捷径，寻秘诀，谁就是天真到糊涂的程度，花了钱，上了当，"赔了夫人又折兵"。

据我浏览所及，古今中外就没有哪一位大作家真正靠什么秘诀成名成家的。记得鲁迅或其他别的作家曾说过，"作文秘诀"一类的书是绝对靠不住的。想要写好文章，只能从多读多念中来。清代的《古文观止》或《古文辞类纂》一类的书，大概就是为了这个目的而编选的。结果是流传数百年，成为家喻户晓的书，我们至今尚蒙其利。

我从小就背诵《古文观止》中的一些文章，至今背诵上口者尚有几十篇。从小学一直到高中前半，写作文用的都是文言。在小学时，作文不知道怎样开头，往往先来上一句"人生于世"，然后再苦思苦想，写下面的文章。写的时候，有意或无意，模仿的就是《古文观止》中的某一篇文章。

在读与写的过程中，我逐渐悟出了一些道理。现在有人主张，写散文可以随意之所之，愿写则写，不愿写则停，率性而行，有如天马行空，实在是潇洒之至。这样的文章，确实有的。但是，读了后怎样呢？不但不如天马行空，而且像驽马负重，令人读了吃力，毫无情趣可言。

古代大家写文章，都不掉以轻心，而是简练揣摩，惨淡经营，句斟字酌，瞻前顾后，然后成篇，成为一件完美的艺术品。这一点道理，只要你不粗心大意，稍稍留心，就能够悟得。欧阳修的《醉翁亭记》，通篇用"也"字句，不是一个最明显的例子吗？

元刘壎的《隐居通议》卷十八讲道：古人作文，俱有间架，有枢纽，有脉络，有眼目。这实在是见道之言。这些间架、枢纽、脉络、眼目是从哪里来的呢？答案只有一个，从惨淡经营中来。

二

对古人写文章，我还悟得了一点道理：古代散文大家的文章中都有节奏，有韵律。节奏和韵律，本来都是诗歌的特点；但是，在优秀的散文中也都可以找到，似乎是不可缺少的。节奏主要表现在间架上。好比谱乐谱，有一个主旋律，其他旋律则围绕着这个主旋律而展开，最后的结果是：浑然一体，天衣无缝。读好散文，真如听好音乐，它的节奏和韵律长久萦绕停留在你的脑海中。

最后，我还悟得一点道理：古人写散文最重韵味。提到"味"，或曰"口味"，或曰"味道"，是舌头尝出来的。中国古代钟嵘《诗品》中有"滋味"一词，与"韵味"有点近似，而不完全一样。印度古代文论中有 rasa（梵文）一词，原意也是"口味",在文论中变为"情感"(sentiment)。这都是从舌头品尝出来的"美"转移到文艺理论上,是很值得研究的现象。这里暂且不提。我们现在常有人说:"这篇文章很有味道。"也出于同一个原因。这"味道"或者"韵味"是从哪里来的呢?细读中国古代优秀散文,甚至读英国的优秀散文,通篇灵气洋溢,清新俊逸,决不干瘪,这就叫做"韵味"。一篇中又往往有警句出现,这就是刘勰所谓的"眼目"。比如骆宾王《为徐敬业讨武曌檄》中的"一抔之土未干,六尺之孤何托",连武则天本人读到后都大受震动,认为骆宾王是一个人才。王勃《滕王阁序》中有两句:"落霞与孤鹜齐飞,秋水共长天一色。"也使主人大为激赏,这就好像是诗词中的炼字炼句。王国维说:有此一字而境界全出。我现在把王国维关于词的"境界说"移用到散文上来,想大家不会认为唐突吧。

纵观中国几千年写文章的历史,在先秦时代,散文和赋都已产生。到了汉代,两者仍然同时存在而且同时发展。散文大家有司马迁等,赋的大家有司马相如等。到了六朝时代,文章又有了新发展,产生骈四俪六的骈体文,讲求音韵,着重词彩,一篇文章,珠光宝气,璀璨辉煌。这种文体发展到了极端,就走向形式主义。韩愈"文起八代之衰",指的就是他用散文,明白易懂的散文,纠正了骈体文的形式主义。从那以后,韩愈等所谓"唐宋八大家"的文章,就俨然成为文章正宗。但是,我们不要忘记,韩愈等八大家,以及其他一些家,也写赋,也写类似骈文的文章。韩愈的《进学解》,欧阳修的《秋声赋》,苏轼的前后《赤壁赋》等等,都是例证。

这些历史陈迹,回顾一下,也是有好处的。但是,我要解决的是现实问题。

三

我要解决什么样的现实问题呢?就是我认为现在写文章应当怎样写的问题。

就我管见所及,我认为,现在中国散文坛上,名家颇多,风格各异。但是,统而观之,大体上只有两派:一派平易近人,不求雕饰;一派则是务求雕饰,有时流于做作。我自己是倾向第一派的。我追求的目标是:真情流露,淳朴自然。

我不妨引几个古人所说的话。元盛如梓《庶斋老学丛谈》卷中上说:"晦庵(朱子)先生谓欧苏文好处只是平易说道理。……又曰:作文字须是靠实说,不可架空细巧。大率七八分实,二三分文。欧文好者,只是靠实而有条理。"

上引元刘壎的《隐居通议》卷十八说:"经文所以不可

及者，以其妙出自然，不由作为也。左氏已有作为处，太史公文字多自然。班氏多作为。韩有自然处，而作为之处亦多。柳则纯乎作为。欧、曾俱出自然。东坡亦出自然。老苏则皆作为也。荆公有自然处，颇似曾文。唯诗也亦然。故虽有作者，但不免作为。渊明所以独步千古者，以其浑然天成，无斧凿痕也。韦、柳法陶，纯是作为。故评者曰：陶彭泽如庆云在霄，舒卷自如。"这一段评文论诗的话，以"自然"和"作为"为标准，很值得玩味。所谓"作为"就是"做作"。

我在上面提到今天中国散文坛上作家大体上可以分为两派，与刘壎的两个标准完全相当。今天中国的散文，只要你仔细品味一下，就不难发现，有的作家写文章非常辛苦，"作为"之态，皎然在目。选词炼句，煞费苦心。有一些词还难免有似通不通之处。读这样的文章，由于"感情移入"之故吧，读者也陪着作者如负重载，费劲吃力。读书之乐，何从而得？

在另一方面，有一些文章则一片真情，纯任自然，读之如行云流水，毫无扞格不畅之感。措词遣句，作者毫无生铸硬造之态，毫无"作为"之处，也是由于"感情移入"之故吧，读者也同作者一样，或者说是受了作者的感染，只觉得心旷神怡，身轻如燕。读这样的文章，人们哪能不获得最丰富活泼的美的享受呢？

我在上面曾谈到，有人主张，写散文愿意怎样写就怎样写，愿写则写，愿停则停，毫不费心，潇洒之至。这种纯任"自然"的文章是不是就是这样产生的呢？不，不，决不是这样。我在上面已经谈到惨淡经营的问题。我现在再引一句古人的话：《湛渊静语》上引柳子厚答韦中立云："故吾每为文章，未尝敢以轻心掉之。"上面引刘熙的话说"柳则纯乎作为"，也许与此有关。但古人为文决不掉以轻心，惨淡经营多年之后，则又返璞归真，呈现出"自然"来。其中道理，我们学为文者必须参悟。

1997 年 10 月 30 日

我最喜爱的书

我在下面介绍的只限于中国文学作品。外国文学作品不在其中。我的专业书籍也不包括在里面,因为太冷僻。

一、司马迁《史记》

《史记》这一部书,很多人都认为它既是一部伟大的史籍,又是一部伟大的文学作品。我个人同意这个看法。平常所称的《二十四史》中,尽管水平参差不齐,但是哪一部也不能望《史记》之项背。

《史记》之所以能达到这个水平,司马迁的天才当然是重要原因,但是他的遭遇起的作用似乎更大。他无端受了宫刑,以致郁闷激愤之情溢满胸中,发而为文,句句皆带悲愤。

他在《报任少卿书》中已有充分的表露。

二、《世说新语》

这不是一部史书，也不是某一个文学家和诗人的总集，而只是一部由许多颇短的小故事编纂而成的奇书。有些篇只有短短几句话，连小故事也算不上。每一篇几乎都有几句或一句隽语，表面简单淳朴，内容却深奥异常，令人回味无穷。六朝和稍前的一个时期内，社会动乱，出了许多看来脾气相当古怪的人物，外似放诞，内实怀忧。他们的举动与常人不同。此书记录了他们的言行，短短几句话，而栩栩如生，令人难忘。

三、陶渊明的诗

有人称陶渊明为"田园诗人"。笼统言之，这个称号是恰当的。他的诗确实与田园有关。"采菊东篱下，悠然见南山"，这样的名句几乎是家喻户晓的。从思想内容上来看，陶渊明颇近道家，中心是纯任自然。从文体上来看，他的诗简易淳朴，毫无雕饰，与当时流行的镂金错彩的骈文，迥异其趣。因此，在当时以及以后的一段时间内，对他的诗的评价并不高，在《诗品》中，仅列为中品。但是，时间越后，评价越高，最终成为中国伟大诗人之一。

四、李白的诗

　　李白是中国文学史上最伟大的天才之一，这一点是谁都承认的。杜甫对他的诗给予了最高的评价："白也诗无敌，飘然思不群。清新庾开府，俊逸鲍参军。"李白的诗风飘逸豪放。根据我个人的感受，读他的诗，只要一开始，你就很难停住，必须读下去。原因我认为是，李白的诗一气流转，这一股"气"不可抗御，让你非把诗读完不行。这在别的诗人作品中，是很难遇到的现象。在唐代，以及以后的一千多年中，对李白的诗几乎只有赞誉，而无批评。

五、杜甫的诗

　　杜甫也是一个伟大的诗人，千余年来，李杜并称。但是二人的创作风格却迥乎不同：李是飘逸豪放，而杜则是沉郁顿挫。从使用的格律上，也可以看出二人的不同。七律在李白集中比较少见，而在杜甫集中则颇多。摆脱七律的束缚，李白是没有枷锁跳舞；杜甫善于使用七律，则是戴着枷锁跳舞，二人的舞都达到了极高的水平。在文学批评史上，杜甫颇受到一些人的指摘，而对李白则是绝无仅有。

六、南唐后主李煜的词

后主词传留下来的仅有三十多首，可分为前后两期：前期仍在江南当小皇帝，后期则已降宋。后期词不多，但是篇篇都是杰作，纯用白描，不作雕饰，一个典故也不用，话几乎都是平常的白话，老妪能解；然而意境却哀婉凄凉，千百年来打动了千百万人的心。在词史上巍然成一大家，受到了文艺批评家的赞赏。但是，对王国维在《人间词话》中赞美后主有佛祖的胸怀，我却至今尚不能解。

七、苏轼的诗文词

中国古代赞誉文人有三绝之说。三绝者，诗、书、画三个方面皆能达到极高水平之谓也。苏轼至少可以说已达到了五绝：诗、书、画、文、词。因此，我们可以说，苏轼是中国文学史和艺术史上的最全面的伟大天才。论诗，他为宋代一大家。论文，他是唐宋八大家之一。笔墨凝重，大气磅礴。论书，他是宋代苏、黄、宋、蔡四大家之首。论词，他摆脱了婉约派的传统，创豪放派，与辛弃疾并称。

八、纳兰性德的词

宋代以后,中国词的创作到了清代又掀起了一个新的高潮。名家辈出,风格不同,又都能各极其妙,实属难能可贵。在这群灿若明星的词家中,我独独喜爱纳兰性德。他是大学士明珠的儿子,生长于荣华富贵中,然而却胸怀愁思,流溢于楮墨之间。这一点我至今还难以得到满意的解释。从艺术性方面来看,他的词可以说是已经达到了完美的境界。

九、吴敬梓的《儒林外史》

胡适之先生给予《儒林外史》极高的评价。诗人冯至也酷爱此书。我自己也是极为喜爱《儒林外史》的。

此书的思想内容是反科举制度,昭然可见,用不着细说。它的特点在艺术性上。吴敬梓惜墨如金,从不作冗长的描述。书中人物众多,各有特性,作者只讲一个小故事,或用短短几句话,活脱脱一个人就仿佛站在我们眼前,栩栩如生。这种特技极为罕见。

十、曹雪芹的《红楼梦》

在古今中外众多的长篇小说中《红楼梦》是一颗璀璨的明珠，是状元。中国其他长篇小说都没能成为"学"，而"红学"则是显学。内容描述的是一个大家族的衰微的过程。本书特异之处也在它的艺术性上。书中人物众多，男女老幼、主子奴才、五行八作，应有尽有。作者有时只用寥寥数语而人物就活灵活现，让读者永远难忘。读这样一部书，主要是欣赏它的高超的艺术手法。那些把它政治化的无稽之谈，都是不可取的。

2001 年 3 月 21 日